巨神降臨 上

シルヴァン・ヌーヴェル

全世界で1億人の犠牲者を出しつつも、人類が辛うじて滅亡の瀬戸際で踏みとどまってから9年。地球にただ1体残された巨大ロボットを修復したアメリカはそれをラペトゥスと名づけ、自国の思うがままに他国を蹂躙していた。それに抵抗する各国とのあいだで地球に全面核戦争の危機が迫る中、姿を消していたテーミスとエヴァたちがついに地球に帰還する。彼らが語りはじめるのは、6000年前に巨大ロボットを地球に遺してゆき、9年前の危機を引き起こした異星種族との本格的遭遇であった。星雲賞受賞『巨神計画』『巨神覚醒』に続く、三部作完結編！

登場人物

エヴァ・レイエス……ヴィンセントとカーラの娘
ヴィンセント・クーチャー……巨大ロボット・テーミスのパイロット。言語学者
ローズ・フランクリン……物理学者。テーミスの発見者
キャサリン・レベデフ……ロシア連邦軍参謀本部情報総局《GRU》少佐
バーバラ・ボール……米海兵隊中尉。巨大ロボット・ラペトゥスのパイロット
アレクサンダー・ワシリエフ……ロシア軍の巨大ロボット・パイロット
ユージーン・ゴヴェンダー……元国連地球防衛隊《EDC》司令官。南アフリカ軍出身の准将《じゅんしょう》
オップト・エナタスト……エッサット・エックトの学者
エッキム……エッサット・エックトに住む近衛《このえ》兵《へい》見習い
エッソック……エッサット・エックトに住む女性
アリッサ・パパントヌ……遺伝学者
バーンズ……テーミスの来歴を知る男
カーラ・レズニック……テーミスの元パイロットでＥＤＣ大尉

巨神降臨　上

シルヴァン・ヌーヴェル
佐田千織訳

創元ＳＦ文庫

ONLY HUMAN

by

Sylvain Neuvel

This book is published in Japan
by TOKYO SOGENSHA Co., Ltd.
Japanese translation rights arranged with 9046011 CANADA Inc.
c/o The Gernert Company, Inc., New York
through Tuttle-Mori Agency, Inc., Tokyo

目次

下巻　目次

巨神降臨　上

エイアクテップト・エッケット・オンティアスク・アッタックト・オイアンソット・オット。エイアントサント・エップス。

プロローグ

ファイル番号二一〇一
任務記録――アメリカ海兵隊機械化師団、ボディ・ハフ大尉とバーバラ・ボール中尉
場所：リビア、トブルク、ダルエスサラーム・ホテルの外

――司令部、こちらラペトゥス。ターゲット捕捉。

〔了解、ラペトゥス。待機せよ〕

――待機します……。

どんぴしゃりだ。おれの腕はなかなかのもんだろう？

――ちょっと、自慢はよしてよ、ボディ。いわれたとおりに数字を打ちこんだだけじゃない。

この巨大ロボットにムーンウォークをさせられたら自慢になるけど。

――ムーンウォーク？　スローモーションみたいなやつか？

――本気でいってるの、ボディ？　あなたいくつよ？

――おれのことはハフ大尉と呼んでもらおうか、ボール中尉。おれの記憶が正確なら、この前きみが脚を受け持ったときは、民家につまずいたっけな。あのときは顔から倒れこんで、ベンソンが手首を骨折した。そうだろう？

〔ラペトゥス、こちら司令部。少しのあいだ言い合いをやめられないか？　われわれには仕事がある。いまホテルのほうを向いているか？〕

――向いています。いいホテルだ。ここで休暇を過ごすのも悪くありませんね。

〔向こうからロボットははっきり見えているか？〕

――最上階からこっちを見てる連中にということなら、ええ、ちゃんと見えてますよ。この町にはわれわれより高いものはひとつもありませんからね。見逃しっこないでしょう。

〔了解、ラペトゥス。われわれは現在、向こうの議長と話をしているところだ。指示があるまで待機せよ〕

——待機します。

それはそうと、どうしておれたちはトブルクにいるんだ？　たしか政府があるのはトリポリだろう。

——たしかにね。

——だったらここは何なんだ？

——もうひとつの政府よ。あなたは任務の前になんのリサーチもしないの？

——しかし同じ国だろう。

——こういうことはときどきあるの。わたしが子どもの頃には政府が三つあったわ。

——どれが本物なんだ？

——それは尋ねる相手によるわね。三つとも自分たちこそ本物だっていうのは、まず間違いないでしょうけど。

——わけがわからないな。まあどうだっていいさ。いまから二十分後には、アメリカ人の大将がここを仕切ってるんだから。

——つまりリビアの民主的に選ばれた政府に助言をするってことね。

——ああ、そういうことだ。

〔ラペトゥス、こちら司令部。議長はこちらが期待しているほど物わかりがよくない。きみたちのビームを使って建物の北半分を取り除いてやれ。繰り返す、ホテルの北半分を破壊せよ〕

——了解、司令部。われわれは——

——大尉、最上階、右から二番目の窓。

——確認した。

司令部、建物のその部分には人がいるようです。彼らに避難する時間を与えてやりましょうか？　われわれが駐車場の車を全部消してしまえば立ち去るでしょう。

〔ラペトゥス、命令されたとおりにするんだ〕

——わたしたち、どうするの？

——どうするの、とはどういう意味だ？　命令は聞いただろう、中尉。建物の中央からはじめて右になぎ払え。下のほうを狙うんだ。そうすれば少なくとも、背後の建物には被害を与えずにすむかもしれない。

——了解……準備よし。

——ビーム起動。いいところでいってくれ。

――ええと……そこまで。ビームは見えるんでしょう？　片づいたらわかるでしょうに。

――ビーム終了。おー、こいつはすさまじいな。音もしない。司令部、こちらラペトゥス。ターゲットを破壊しました。少なくともその半分を。

〔了解、ラペトゥス。こちらも衛星でとらえている。待機せよ〕

――くそっ、この仕事は気に入ったぞ！

――そのようね。

――どういう意味だ？

――あなたが思ってるとおりの意味よ。この仕事は最高だってあなたはいった。わたしは見ればわかるといってる。それだけよ。それのどこが問題？

――……

——いいわ！　話題を変えましょう！　しばらく待機することになるかもしれないし。なんの話がいい？　本はどう？……だめ？　映画は？　なにかわたしの知らない趣味を持ってない？

——……

——いいわ、わたしからね。わたしはキャベツ畑人形を集めてるの。

——おれにはなんのことだか——

——気にしないで。わたしだって当時は生まれてなかったんだから。ひとつひとつ全部違うっていわれててね。買うんじゃなくて、〝養子〟にしてたの。出生証明書に養子縁組の書類、初めてしゃべった言葉やいつ初めて歩いたか、好きな食べ物を書きこむ小さなカードがついてたのよ。

——しゃべったのか？

——いいえ、しゃべらなかったわ。物も食べなかった。キャベツ畑で生まれた本物の赤ん坊を養子にしたみたいに、リアルに見せようとしただけ。

——どうやって人形を養子にするんだ？

——もちろん買うの。彼らは店に並んでる。お金は払うけど、それを養子縁組の手数料と呼ぶわけ。とにかく一九八〇年代に流行《はや》ったの。みんな夢中になってね。店ではけんかとか、ありとあらゆるイカれたことが起こったのよ。あの人形がそこまで人気だったのはほんの短いあいだだったけど、ひとつかふたつの会社で四十年くらいつくりつづけられてた。うちの母は六体持ってたわ。それを十代の頃にもらって、いまではわたしが集めてるの。古いものは見つけるのが難しいし、たいていはとんでもない高値がつくのよ。

——人形集めか。全然気色悪くなんかないぞ。

——去年は五Ｋで一体売ったわ。

——人形ひとつを五千ドルで売ったって。

——ブルータス・ケンドール、十一月一日キャベツ畑生まれ。ほぼ未使用。箱つき。書類一式。

——どうかしてる。でもやっぱり気色悪いな。きみはそんなことを——

〔ラペトゥス、こちら司令部、リビア国民代議員議長が合衆国に技術援助や助言を要請してきている。首尾は上々だ。じっとしているだけでいい。海軍が部隊を投入している。二十分で到着予定。彼らが着いたら基地に帰還せよ。すぐにナビゲーションから帰投の数値が送られるだろう〕

——了解、司令部。通信終了。

善良な人たちのためにまたひと働き。町から町へとひとつずつ自由を広めていくのさ。

——彼らがもともと自由を持ってたのはまず間違いないと思うけど。

——だったら、いまはもっと持ってるわけだ。

第一部　郷に入りては

ファイル番号EE九五五――エッサット・エックトで記録された個人ファイル
私的記録――ローズ・フランクリン博士

　願いごとをするには注意が必要だ。

　十年ほど前――当時わたしは三十六歳だった――よその惑星から一体の巨大ロボットが地球を訪れ、ロンドンに大打撃を与えた。わたしたちはそのロボットを破壊することに成功したが、一年後さらに十三体が世界の特に人口の多い二十四都市に出現し、遺伝子操作されたガス状兵器をまき散らした。その過程で一億人が命を落とした。そのなかには、けっして名前を知ることはなかったあの謎めいた男、わたしがシカゴ大学で巨大な手の研究責任者になって以来わたしたちのあらゆる動きを操ってきた人物と、わたしの親友でありヴィンセントの妻、そしてエヴァの生物学上の母親のカーラ・レズニックも含まれていた。

　わずかな手がかりから、わたしはロボットたちを構成している金属を分子レベルで変化させる方法を見つけ、そのうちの一体を機能停止に追いこんだ。異星人たちを立ち去る気にさせるには、それで充分だった。

いずれそういうことになる、自分がテーミスを見つけたことでわたしたちの星に注意を向けさせ、そのせいで一億人が死ぬことになる、と知っていたわけではないが、わたしはそうなることを恐れていた。生き返ってからずっと恐れていた。わたしは……自分が場違いな気がして、何者であれテーミスをつくったものたちが戻ってきて彼女を持ち去ってくれることを願っていた。わたしも一緒に連れていってくれればいいのに、と口にもした。

その願いは現実になった。異星人のロボットたちが地球から去ったあと、地球防衛隊《EDC》の司令官ユージーン・ゴヴェンダー准将《じゅんしょう》、ヴィンセント、エヴァ、そしてわたしは、自分たちの——勝利というつもりだったけれど、あれはそんなものじゃなかった——生き残りを祝うためにテーミスに乗りこんだ。ちょうどわたしたちがそこにいたときに、アキタスト最高評議会——自分たちの世界がよその世界とどう関わるかを判断する異星人の集まり——がテーミスを呼び戻した。彼女はわたしたち四人を乗せたまま地球上から姿を消して、自らの故郷の惑星にふたたび現れた。

彼らはその星をエッサット・エックト、すなわちエックトの家と呼んでいる。エックトとは、そこに住む人たちのことだ。かなり広い意味でいえば、彼らはわたしたちの同胞でもある。五千年ほど前に初めて地球にやってきたエックトは——二十四人かそこらだった。彼らは二千年間、わたしたちに交じって暮らした。けっして干渉してはならない、歴史に影響を及ぼしてはならないと命じられていたが、時がたつにつれてほころびが生じ、現地の人間と一緒になるものも現れた。彼らのあいだには子ども——半分人間、半分異星人——が生まれ、今度はその子どもたちが子ども——四分の三人間——をもうけ、そうこうするうちに人間と区別がつかなくなった彼らの子孫の体には、異星人の遺伝子がほんの少し残るだけになった。三千年後には彼らを区別するものはなにも残っていなかった。わたしたちはみな、地球上の人間はひとり残らず、どれだけ遠く離れていようと、ティターンが地球を歩きまわっていた頃に義務よりも愛を選んだひと握りの異星人の血を引いていた。

わたしたちはこのエッサット・エックトでもう九年間暮らしているが、いまだにまったくのよそ者だ。彼らの社会全体が、異なる種《しゅ》はおたがいに影響しあうような形で交流するべきではなく、それぞれが各自の価値観に従って進化できるようにそっとしておかれるべきである、という考えのもとに築かれている。何世紀か前にエックトは危うく滅ぼされそうになったことがあり、その相手はエックトの皇帝の個人的、あるいは政治的な理由によって自分たちの皇帝を廃位・追放処分にされた星の住人だった。その後エックトは君主制をきわめて複雑な民主制に置き換え、彼らの不干渉主義はまったく新しい段階へと進化した。エックトにとってある種族を自分たちの遺伝子で〝汚染〟することは、その種族が手にするはずの未来を奪うことを意味する。彼らの目にそれは、わたしたちにとっての大量虐殺のように映るのだ。地球で起こったことは、彼らにとってもわたしたちにとってと同じくらい悲劇だった。彼らがやってきたのは、ひと握りしかいないと思っていたエックトの子孫がわたしたち全員を汚染する前に、根絶やしにするためだった。それにはもはや手遅れだったと気づいたとき、彼らはすでに一億人を殺していた。わたしたちは彼らにとっての歴史上の汚点というべきものを思い出させる存在として、ホロコースト記念碑や奴隷制の犠牲者の記念碑のように生きている。

彼らはもう思い出させられることはないだろう。いずれにせよ、ここでのわたしたちの時間は今夜で終わる。わたしたちは故郷に帰るのだ。

ファイル番号EE九六一――エッサット・エックトで記録された個人ファイル
任務記録――ヴィンセント・クーチャーとローズ・フランクリン
場所：テーミスの内部

〈父さん、やめて！〉

――もう遅い。それ以上近づくな、エヴァ。彼を傷つけたくないんだ。ローズ、彼女を押さえておけるか？

――彼女を押さえる？ いいえ、わたしにできるとは思えないわ。こっちにいらっしゃい、エヴァ。事態をよけいに難しくするのはやめましょう。誤って誰かが撃たれることは避けたいはずよね。彼はちゃんと送り帰すから。約束する。ほかに誰も傷つく必要はないわ。

〈ほかに誰も、ってどういう意味？ なにがあったの？ なにをしたのよ、父さん？〉

——エッキム、エイヨッツ・アント・イピヨスク・インソット。エッキム！　エイエカント！

〔エッキム、やめて。彼ははったりをかけてるの。あなたを傷つけるつもりはないわ。エイエカント・オップス！〕

——おまえのいうとおりだ、エヴァ。ぼくは彼を傷つけたくない。だから無理にやらせないでくれ。

〔大丈夫だよ、エヴァ。エイエカント・アクテップト・エップス〕

〔だめ！　わたしのためにやめて！　わたしは残るわ！　あなたと一緒にここに残る〕

——おまえは残れないんだ、エヴァ。もう無理なんだよ。ぼくたちがなにをしたか……いや、なんでもない。いまは話してる時間はない。エッキム、体の固定は済んだか？　よし。銃を持っててくれ、ローズ。ぼくがハーネスをつけおわるまで。そうしたらおさらばだ。

——彼らがくるわ、ヴィンセント。もういかないと。

——くそっ！　腕が入らない。

——あなたならできるわ。ちょっとリラックスして。

——ほんとうにできるかな。上半身を操縦したことは一度もないんだ。最後に誰かがこれをつけてるのを見たのは、エヴァが十歳くらいのときで、ぼくは……

——エッキムと持ち場を交替できないの？　彼なら制御盤のコマンドを指示してあなたを誘導できるわ。

——エッキムは複雑な操作だといってた。「軌道防衛システム」の時点で、もうお手上げだったよ。とてもぼくにやれるとは——入った！　だけど前を閉じるのは絶対に無理だな。ヘルメットをかぶせてくれ。留め具を閉じてなくても機能するかやってみよう。

——いまにも追っ手が……わたしたち、いかなくちゃ！

——よし！　起動してるぞ。いけ！　いけ！　エッキム、入力だ。エイヨッッツ！

――どのくらいかかる……

――わお。

――なに？　ヴィンセント、わたしたちはどこにいるの？

――わからない。たぶん……いまは夜だな。まわりじゅうに木が生えてる。エッキム、ここは地球なのか？　アクト・エイエット・エッテヤット？

〔オップス・エイヨキテップト〕

――いまなんて？

――ええと……いまの表現は、さあね。そんなとこだ。

――星を見て。

――なんだって？

――星を見るの。見覚えのあるものはない？

――なじみがあるのは見えないけど……あった！　あれは……ラ・グランド・ウルスだ。星座の名前は知らないけど。大きな熊？

――おおぐま座。ウルサ・メイヤーね。

――そう、それだ。ぼくたちは着いたんだ、ローズ。ここは地球だよ。

――すごい。うまくいったなんて、信じられないわ。エヴァ、なんとかいいなさいよ。

〔父さん、なにをしたの？〕

――いまはだめだ、エヴァ。

〔なにをしたのか教えて！〕

——だめだといっただろう。じきに誰かがぼくたちに気づくはずだ。外に出られるようにテーミスを伏せさせよう。

〔いいから教えてよ〕

——エヴァ、もしここでエッキムが見つかったら、なにをされると思う？　彼は戻らなくちゃならないんだ。エッキム、エイヨスト・イエスクスト・アク・エイヨッツ・エッサット。

〔エイエカント・エッツ・オップス。エッテミス・エイエット・オンソックス〕

——彼はなんていったの？　空っぽ・テーミス？

——テーミスは空だっていったんだ。エネルギー切れだって。ここにくるのにエネルギーを使い果たしてしまったんだよ。ヘルメットを作動させるくらいは残ってるけど、もう腕は動かせない。

——わたしたちはどのくらい待たなくちゃいけないの、ヴィンセント？

〔父さん、もし彼になにかあったら殺すわよ〕

――落ち着くんだ、エヴァ。おまえとぼくがニューヨークで彼女のエネルギーを使い果たしたときは、ほんの数分でまた動けるようになっただろう。どうやらぼくたちは人里離れた場所にいるらしい。うまくいけば誰にも見つからずに、太陽が昇る前に外に出られるさ。ちぇっ、見つかるまでに何日かかかるかもしれないな。ちょうど前のときみたいに。

〔あのときはもう少しで死ぬところだった〕

――だったら前のときとは違う。いいか、父さんにできることはなにもないんだ。もし早く見つけてもらうやり方を知ってたら、間違いなくそうするよ。

――エッキムと話していらっしゃい、エヴァ。少し時間があるわ。あなたは彼と話すべきよ。いってしまったら、二度と会うことはないかもしれないんだし。

〔父さんなんか、大嫌い。ほんとうに大っ嫌いよ〕

――わかってるさ。

――彼女は乗り越えるわ、ヴィンセント。ちょっと時間をあげて。

――それはどうかな、ローズ。ぼくたちのしたことは……とにかくエヴァは故郷に戻ってきた。大事なのはそれだけだ。あとはもう、エッキムを無事送り帰すだけでいい。

――彼はここにとどまることもできるわ。

――いいや、それは無理だ。檻《おり》に入れられて、一日じゅう針でちくちくやられることになるだろう。この前彼の種族が地球に現れたときは、ぼくたちの司抱が一意人死んだんだ。しばらく時間はたってるけど、ここの人たちが忘れているとは思えない。

――故郷に帰ったら、エッキムはどうなるかしら?

――そうだな、彼はぼくたちにさらわれたというだろう――実際そうなんだから。うまくいけばそれで終わりにしてもらえるさ。

——彼らが信じると思う？

——わからないよ、ローズ。ぼくにどうしろっていうんだい？　彼に一筆書いてやれとでも？

——彼は怯《おび》えてるみたいね。

——エッキムは子どもなんだぞ！　故郷は何百万キロの彼方《かなた》だし、たったいま反逆罪を犯したかもしれないんだ。ぼくだって怯えるさ。

——あなたは彼の頭に銃を突きつけた。

——いまもいったけど、ぼくだって怯えてるよ。

——わたしたち自身、何百万キロも旅してきたばかりなのよね。

——変な感じだな。いままでさんざん待たされてきたのが、ブーン。そら着いた。

——前にわたしたちの……友だちが、あそこからここまでは十日かかるっていってたの。でもほんの一瞬みたいだった。どうして彼らにはわかったのかしら。

——わかるってなにがだい、ローズ？

——あそこからここまで、どのくらいかかるかよ。

——たぶん日付を確認したんじゃないかな？

——どうやって？　こっちの日付を知ることはできるけど、どれだけかかったかを知るには、いま向こうが何日なのかがわからないと。どうやってそれを知るの？　あっちに引き返して二で割るとか？

——見当もつかないな。ぼくは……

——あなたはやらなければならなかったことをしたのよ、ヴィンセント。

——そうかな？　ぼくはこんなことをする必要があったんだろうか？

――その話はなしよ、ヴィンセント。やめましょう。

――もっと悪いのは、頭でわかっているほど悪いことをしたとは、まったく感じてないってことだよ。くそっ。

――どうしたの？

――まさか。早すぎる。

――なにが起きてるの？

――光だ。車両の一団がこっちに向かってくる。たぶんトラックだ。エッキム、エケット・エイヨッツ・アプト・アクス。

〔誰がくるの、父さん？〕

――わからないが、急いでこっちに向かってくるみたいだ。

〔ヨキッツ！　今度はなに？　こっちはなにもできないのよ！〕

――まあ、もしあれがただのトラックなら、向こうもなにもできないさ。ぼくたちは十五階建てのビルの最上階にいるようなものなんだ。

〔クレーンを運んでこられるわ〕

――この高さまでクレーンを組み立てるには何日かかかる。ぼくが心配してるのはクレーンじゃない。

〔だったらなに？〕

――あれはピックアップトラックに乗った、ただの地元の人間かもしれない。もしそうなら、こっちはまだ安泰だ。エネルギーが充塡《じゅうてん》されたらテーミスを転送させて、どこかよそに降りるだけでいい。

〔もしそうじゃなかったら？〕

——そうだな、もしあれが軍隊なら、トラックを引き連れてくるだけではすまないだろう。そのほかに……

〔ほかになにを?〕

——あれだ。

〔なんなの!?　わたしたちには見えないのよ〕

——ヘリコプターだ。

——軍のものなの?

——大きいんだ、ローズ。テレビ局のヘリコプターじゃない。観光客を乗せて飛ぶようなやつともまったく違う。

——なにをしてるの?

——接近してくる……いまぼくたちの上でホバリングしてるところだ……サイドドアが開いてくぞ。くそっ。くそっ。くそっ。

——乗員が入ってくるの？

——ロープにふたりぶら下がってる。

——ヴィンセント、相手は何者なの？

——わからないけど、銃を持ってる。ひとりがハッチに着いた。

——わたしたちを見たら喜ぶかもしれないわね。

——有頂天になるかもしれないな。エヴァ、万一そうならなかったときのために、おまえはエッキムの前に立ったほうがいい。何者か知らないが、彼はハッチとハッチのあいだの空間にいる。

――内側のハッチが開いてくわ。

〈ジェルジーチェ・ルーキ・ナヴィドゥ〉

――ヴィンセント、彼はなんていったの？

――さっぱりわからないけど、ロシア語だったのはまず間違いないな。

ファイル番号二一〇六
ロシア連邦軍参謀本部情報総局《GRU》、キャサリン・レベデフ少佐とローズ・フランクリン博士の対話
場所：ロシア、サンクトペテルブルク、GRUビル

——おはよう、ドクター・フランクリン。ゆうべはよく眠れたでしょう。きっとそのはずよ。わたしたちはほんとうによく効く薬を持ってるの……これは内緒だけど、わたしもときどき休養が必要なときに少し飲んでるのよ。自分がこんな役回りになるとは思ってもみなかったけれど、ロシア連邦を、それにおそらく全地球を代表して、お帰りなさい！　そしてロシアにようこそ！

——わたしたちはロシアに？

——ええ！　そうよ！　座ってちょうだい、ドクター・フランクリン。なんだか落ち着かないわ。

——ごめんなさい。わたしはちょっと落ち着かなくて。自分がここでなにをしているのかわからないの。

——そうよね、あなたが落ち着かないのは当然だわ、ドクター・フランクリン。わたしがいったのは、あなたのせいでこちらが落ち着かないってことだったんだけど。わたしはとびっきり自信たっぷりに見えないといけないの。自分の席でそわそわしてたらそんなふうには見えないでしょう。だけどこれは、なんて刺激的なのかしら！　どうぞ座って！

——あなたが誰なのかや、ここがどこなのかを教えてくれるつもりはないんでしょうね。

——わたしが誰か？　それはここに……どこにいったんだろう？　わたしの名札があるんだけど……ああ、これこれ。わたしはキャサリン・レベデフよ。

——ロシアなまりはないわね。

——そうだといいんだけど。人生の大半はニューハンプシャーで過ごしたの。ブラウン大に通ってたわ。ロースクールに。

――スパイだったのね。

――わたしは……まさか！　わたしは子どもだったのよ。向こうで生まれたの。お人形で遊んでたわ。両親がスパイだったの。アメリカを離れるときまで、それについてはなにも知らなかった。十一年前にこっちに戻ってきて、いまにいたる！　なにかいいかけてたんだけど。ああ、そうそう。わたしはキャサリン・レベデフ。ＧＲＵの少佐よ。

――……

――なんだか知らないのね？　ロシア連邦軍参謀本部情報総局。舌を噛みそうでしょう。

――ＫＧＢみたいね。

――ＫＧＢ――ついでにいうと、近頃ではＳＶＲと呼ばれてるの――は子どもだましよ。わたしがこんなことをいったのは、彼らには内緒にしてね。うちの規模はＳＶＲの十倍ある。そうね、ひょっとしたら十倍はないかもしれないけど、とにかく規模が違うわ。大事なのはそこ。うちが抱えてる諜報員《ちょうほういん》やスパイ衛星、ジェームズ・ボンド的装備は彼らの六倍よ。ほかになにが知りたい？　ああ、そうだ、いまあなたは――わたしたちはサンクトペテルブルクにいる。庁舎にね。大きな灰色の建物よ。

――あなたはその……ＧＲＵの局長なの？

――わたしが？　だったらいいんだけど。いいえ、わたしは下っ端の少佐よ。わたしが動かしてるのは、異星人の科学技術に特化した小さな――ほんとうにささやかな――部局。わたしたちにはなにもない。いまいったみたいに小さな部局だから。そんなわけであなたたちがエストニアに降り立ったときにわたしがどんなに喜んだか、部局の全員がどんなに喜んだかはわかってもらえるでしょう。ほんの数時間でいける場所だったんだから。そんなことってあるかしら？

――エストニア？　わたしたちはロシアにいるといわなかった？

――そのとおり！　あなたは知らないんだったわね！　ごめんなさい。わたしの礼儀はどこへいってしまったのかしら？　あなたがいないあいだに起こったことがたくさんあるのに。なにを知りたい？　どんどん訊いてちょうだい。

――わたしたちはどのくらい留守にしてたの？

――九年、三カ月、六日――九十七日――九年と九十七日よ。申し訳ないけど、科学的な言い方はちょっと……

――九年？　わたしたちはそれより短いと思っていたんだけど。

――ああ！　そのことならうちの科学者たちがいってたわ。光に近い速さで移動したときの時間の遅れがどうとか。わたしにはさっぱりわからないけど、あなたたちは一千歳になって戻ってくるかもしれないって。いいえ、そんなことはあり得ないわね。ここでは千年たっているだろうってことよ。これでわたしは科学者じゃないってわかるかしら？　それで、あなたたちはどのくらい留守にしてたと思ってたの？　数秒？

――八年と七カ月、もしかしたら八カ月。

――ああ……待って？　正確には知らないのね？

――わたしたちは……わたしたちがどこにいたかは知ってるの？

――あなたがそれを話してくれるのを待っているんだけど、当然誰もが例のロボットがやってきた惑星へいったものと思っていたわ。

――そのとおりよ。その星の名前は……

――なに？　なんて呼ばれているの？　ああ、わたしに話すべきかどうかわからないのね……それはあなた次第よ。いいえ、ほんとうにあなた次第ってわけじゃないけど、わたしのいう意味はわかるでしょう。わたしたちが初日からあなたを拷問するなんてことはないから。冗談よ！　ＧＲＵ流の……じゃあ、こう尋ねたらどうかしら？　わたしにその星の名前を教えたら、この先ずっと勢力均衡が崩れることになると思う？　それにあなたはいなくなったとき、国連のために働いていたわけだし。わたしたちはその一員なのよ。それはあなたの世界だ！

――なんのこと。

――それはあなたの世界だ。国連の標語よ。

――標語があったなんて知らなかったわ。

——ひどいでしょう？　それで、どうなの？　知りたくてたまらないの！

——その星の名前はエッサット・エックト。エックトの家という意味よ。彼らは自分たちのことをエックトと呼んでるの。わたしたちは地球時間を使いつづけることはできなかったけど、彼らは……彼らが使っている時間の基本単位は、ほぼ地球の一分と同じくらいだったから……

——腕時計はなかったの？　携帯は？

——バッテリーが切れるまではあったわ。だからいまいったみたいに、わたしたちはその単位時間のあいだに自分の心臓が何度打つか数えて——ヴィンセントとわたしは自分の通常の心拍数を知っていたから——計算したの。その結果は明らかに少しずれていたようね。空気が違っていたのかもしれない。酸素が多かったのかも。

——ああ、山に登ったときみたいに。

——まあ、それだと逆になるでしょうけど。でも、考え方としてはそういうことよ。

——ごめんなさい。ほら、わたしはロースクールだったから。そうだ、忘れないうちに。あなたたちがいなくなったときには、ゴヴェンダー准将が一緒だったでしょう。それがいまはいない。なぜかティーンエイジャーの異星人に変わってしまったのでなければね。彼はどうなったの？

——亡くなったわ。

——それは残念だったわね……どうやって？　彼らに殺されたの？

——彼は病死だったわ。

——ほんとうに悲しいことね……すると、その星の人たちはエックトと呼ばれてる。彼はそうなのよね？　あなたたちと一緒にやってきたお友だちは？　彼は……エックトなんでしょう？

——あなたはわたしの質問に答えるほうだと思ってたわ。

——またやっちゃったわね。ほんとうにごめんなさい。すっかり舞い上がってしまって。そうなの！　とてもわくわくしてるのよ！　だけどこれはだめよね。話の腰は折るわ、相手の気分を害するまでそのことに気づきもしないわ。お願いだから許してもらえない？　誓うわ――いいえ、それはやめておく。いまから五分後にまたやらかしたときに、もっとひどい気分になるだろうから。おしゃべりはやめなさい、キャサリン。許して！　ドクター・フランクリン。あなたはなにを知りたいの？

――ごめんなさい、ミズ・レベデフ、わたしは――

――いまわたしをミズ・レベデフって呼んだ？　それは職場向けよね。わたしはそういうのをなんて呼ぶのかも知らないの。ビクトリアンゴシック？　ミズ・レベデフはうちの母よ。わたしはキャサリン。キャサリンと呼んでちょうだい。

――わかったわ。キャサリン。旅の影響か、それともあなたたちに飲まされた薬がまだ効いているせいかはわからないけど、わたしはくたくたなの。続きは明日にしてもらえない？

――もちろんよ！　あなたは何百万キロだかを旅してきたのに、ここでわたしに質問攻めにされてるんですもの。少し休むといいわ。あなたがいいと思ったときに話しましょう。

——ありがとう。

——とんでもない。わたしたちがあなたのお友だちを助けるためにあらゆる手を尽くしていることは、わかってもらいたいの。たとえあなたがくたくたに疲れているかなにかで、わたしたちに心を開いているとはいえなくてもね。

——わたしの友だち？

——ええ、あなたのお友だちよ。あなたたちと一緒にやってきた、あの若いエックト——いい響きね。彼は少し具合が悪いようなの。でも心配しないで。あなたには休息が必要よ。きっと彼は元気になるでしょう。彼には最高のお医者たちがついてるわ。

——彼になにをしたの？

——なにをしたか——？　どうしてわたしが彼を傷つけるだなんて思うの？

——わたしたちがここを離れる前、あなたたちのために働いていたある科学者がいて、彼女は……

——ドクター・パパントヌのことね。彼女がどうしたの？

——彼女は自分の望むものを手に入れるためなら、人々にきわめて侵襲的《しんしゅうてき》な処置を施すこともいとわなかったのよ。

——それはわたしがくる前の話ね。それでも彼女についてはかなり不快な話をいくつか聞いてるけど、いま彼女はアメリカのために働いてるわ。

——アリッサが？　彼女はなにをしてるの？

——ああ、そのことは明日話せばいいわ。ほら、あなたには休息が必要なんだから。

——お願い、教えて。

——彼女はアメリカのためにパイロットを見つけてるの。ある種の血液検査よ。

——パイロットって、なんの？

——彼らのロボット。テーミスみたいな巨大ロボットのよ。あなたがいないあいだに起こったことがたくさんある、っていったでしょう。

——ロボットってどんな？　彼らはどこで見つけたの？

——それは、あなたが彼らに与えたのよ。

——わたしが？

——ええ、あなたが。九年前、あなたはニューヨークで巨大ロボットの一体の機能を停止させた。それが倒れてばらばらになったのは覚えてるでしょう？　当然米軍はそれを、すかさずわがものにしたってわけ。

——だけどあれは機能しなかったわ。

——それがね、いまは機能するの！

——だいたい彼らに操縦できるの？　ヴィンセントみたいな脚をしたものが誰かいるってこと？

——わたしには見当もつかないわ。でもあの遺伝学者は、彼らのためにパイロットを見つけてる。わたしが彼女みたいだなんて思わないでちょうだい！　本気でそう願うわ。だって……うう——っ……正気じゃないもの。ええ、本気でいってるのよ！　ほしいものを手に入れるのは好きだけど——それにたいていは手に入れてる——あなたのお友だちの身にはなにも起こってほしくない。本気よ。

——あなたの望みはなに？

——彼のことで？　わたしは彼によくなってもらいたい。わたしたちのためにあの大きなロボットを操縦してくれるよう心から願っているけど、いまみたいに病気では無理だもの、そうでしょう？　だからわたしは彼によくなってもらいたい。いい子みたいだし。感じのいいエックトだわ。

——……

——いっぺんには飲みこめないわよね。休んでちょうだい。またあとで話しましょう。

——わたしは捕虜なの？

——なにをいうの？　もちろん違うわよ！　あなたはいつでも好きなときに、いきたい場所へ自由に出かけられるわ。

——この建物を離れることができて、誰もわたしを止めないと？

——護衛がどこへでも好きなところへ連れていってくれるでしょう。町を見物するといいわ！　美しいところよ。わたしにいわせれば、モスクワよりずっといい。大聖堂を見てごらんなさい。ネフスキー大通りを歩いてみて。エルミタージュ美術館を訪ねたければ、喜んでご一緒するわ。もう何年もいってないから。

——友人たちには会えるかしら？

——それはいい考えね！　みんなで一緒に夕食を食べましょうよ。もちろんあなたが少し休んだあとでね。

ファイル番号二一〇八
GRU、キャサリン・レベデフ少佐とヴィンセント・クーチャーの対話
場所：ロシア、サンクトペテルブルク、GRUビル

――気分はどう、ヴィンセント？　ヴィンセントと呼んでもかまわないわよね？　ゆうべはずいぶんワインを飲んでたでしょう。わたしも飲めたらよかったんだけど。世間体があるから。わかるでしょう。

――ぼくは大丈夫だ。ありがとう。

――でも、料理にほとんど手をつけていなかったじゃない。ローズとエヴァも食べてなかったし。シェフを首にするようにいうべきかしら？

――シェフのせいじゃないんだ。その……ぼくたちがいた場所では、人々は繊細な味蕾《みらい》を持ってるんだよ。あそこの味つけははるかに微妙なものなんだ。

——薄味なのね。

——そう、最初はそんなふうに感じる。ぼくたちはそれに慣れてしまったんだろうな。あの料理はきっとすばらしかったんだと思うよ。夕食をごちそうさま。

——どういたしまして！　あなたとうまくやっていけることはわかってたわ！　ほんとによかった。特にあなたの娘さんに会ったあとではね。彼女はとーーってもけんか腰なの！　わお！　わたしたちが大親友になれるとは思えないわ。

——きみはあの子の母親に会ったことはなかったな。

——会えたらよかったのに。いまさらだけど、心からお悔やみをいうわ。いまのはいい意味でいったのよ。娘さんのことは。彼女は個性的ね。わたしは好きよ。いまいくつなの？　十九？

——ああそうだ。ぼくたちの友人はどうしてる？

——エッキムのことね？　エヴァから聞いたわ。あら、そんな顔をしないで。わたしが彼の名前を知ってたって違いはないでしょう？　彼の具合はよくないわ。

――どこが悪いのかわかってるのか？

――たくさんあるわね。まず第一に、インフルエンザにかかってる。彼の免疫システムは完全に調子が狂ってるし、トキソプラズマに感染してる。

――なんだって？

――そうなのよ。あなたがたをロボットから連れ出した海兵隊員――ええ、この国でも彼らは海兵隊員と呼ばれてるの――は猫を飼ってるの。専門家の話では、全世界の人口の約半分はトキソプラズマに感染してて――あなたは知ってた？――場所によってはほぼ全員が感染してるところもあるそうよ。どうやらほとんどの人には症状が出ないようだけど、あなたのお友だちにはたくさん出てるの。それに彼には抗生物質も抗マラリア剤も効かない。正直なところわたしたちは、もし病気で死ななくても薬のせいで死んでしまうんじゃないかと心配してるわ。

――どうか彼を救ってくれ。お願いだからエッキムを救う方法を見つけてほしい。

――ほんとうに彼のことが心配なのね。

――エッキムは友だちなんだ。

――ほんとうにそれだけ？　わたしはひょっとしたら、って……

――なんだい……

――いいえ。聞いたらばかかと思うわよ。うーん、まあいいわ！　わたしはレストランでもどこでも、人の話に聞き耳を立てるのが好きなの。知ってのとおり、わたしの両親はスパイだった。ひょっとしたら知らなかったかもしれないけど、まあ、これで知ったわけね。とにかく盗み聞きをするのは遺伝かもしれない。ゲームみたいなものね。わたしは人々について推測しようとするの。ときにはそれが得意だと思うことさえあるわ。だから昨日の夕食の席で、あなたと娘さんのあいだのちょっとした緊張にどうしても気づいてしまったわけ。最初は気にしてなかったけど、デザートがくる頃にはエヴァはパパに腹を立ててるな、と思ってた。もしエッキムが病気になったことで腹を立ててるんだとしたら？　もしエッキムがボーイフレンドだったら？　もしかしたら彼女は、いま起こっていることで父親を責めているのかもしれない。そして娘を愛する父親はほんとうに、そのボーイフレンドの身になにも起こらないよう願ってる。

責任を感じているから、そして娘に許してもらえなくなるのが心配だから……以上。わたしが感じたのはこれで全部よ。いい線いってるかしら？

――いいや、残念ながら。

――聞いたらばかかと思う、っていったでしょう。ほんとうに鎮痛剤はいらない？　ちょっと顔色が悪いわ。

――コーヒーをもらえるとありがたいな。

――わたしったらなにを考えてたんだろう？　何時間も前に起きたから、まだ早い時間なのを忘れてたの。すぐに持ってこさせるわ。ブラックでいいわね？

――こんなのでうまくいくのか？

――うまくいくって？

――この陽気で友好的な、決まりきったやりとりのことさ。

――あら、ひどいいわれようね。わかってる。大きな悪いロシア人、そうでしょう？　わたしたちは悪者。あなたはその考えを改めたくなるかもしれない。いまは信じる気はないでしょうけど、あなたとわたしはほんとうに同じことを望んでいるのよ。

――ぼくがなにを望んでるかなんて、どうしてきみにわかる？

――そうね、いまあなたがほんとうにここから出たがっているのはわかってるけど、いまの世界の様子をもう少し知ればそんな気持ちは失せるわ。もしいけるとしたら、あなたはどこへいくつもり？　アメリカに戻る？　モントリオールに帰る？

――まあそんなところだな。

――どっちに？　答えなくていいわ。どうでもいいことだから。いまはどっちでも同じようなものよ。

――……

――ねえ、ちょっと！　尋ねる気もないわけ？　あなたたちが誰もなにもいおうとしない理由はわかるけど、どうして質問しないのかはわからない。あなたたちは九年間留守にしてた。九年よ！　自分たちが見逃したことに、ほんのちょっぴりでも好奇心はないの？　真面目な話、たとえわたしが真実の半分しか話していなくても、いまみたいになにも知らないよりはずっと情報を得られるのよ！

――きみはアメリカがカナダを侵略したといってるんだな。

――いいえ、そんなことをする必要はなかったの。でもいまあそこには、四万人のアメリカ兵がいる。モントリオールには海兵隊の基地があるわ。

――だったらぼくたちは同盟国だ。

――もう少し深い関係ね。カナダの議会は二年以上開かれていないし、首相は官邸にいない。スコット将軍があなたの国を動かしてるの。カナダだけじゃない。ベネズエラ。中東の半分。北アフリカも。つい最近リビアを押さえたわ。メキシコの大統領はあなたの国の首相よりずっと頑固だった――彼にしては上出来よ――けど、あまり役には立たなかった。合衆国はいま、ずっと南のパナマまで広がってるの。

――どうやって？

――もちろんロボットよ。ラペトゥス。メキシコシティの真ん中には大きなクレーターがあって、合衆国に〝加わる〟のが自分たちにとって最善の策だってことを、みんなに思い出させてるわ。

――きみたちはどうなんだ？

――わたし？

――ロシアだよ。ぼくは質問攻めにしないかもしれないが、ゆうべきみがぼくたちはエストニアに降り立ったといったのは、ちゃんと聞いてたんだ。

――それで？

――そして、ぼくたちはここにいる。それはつまり、エストニアがかつてのような独立国ではないということだろう。

——ああ、そのことね。ええ、いまやエストニアはロシア連邦の誇るべき一員だわ。ジョージアや、名前の終わりに〝スタン〟がつくほぼすべての国もね。公正を期するためにいうと、彼らのうちの半分は自ら望んでそうなったのよ。

——それで残りの半分は？

——あなたはソーダは飲む？

——なんだって？

——炭酸飲料！　ソーダよ！

——ぼくは——

——コカ・コーラが手当たりしだいにブランドを買収して全事業を乗っ取り、買収できないのはペプシだけだと想像してみて。さて、もしかしたらあなたはドクターペッパーが好きで飲みつづけたいかもしれないけど、それはできない。もうドクターペッパーはないの。あるのはコークとペプシ。その状況を受け入れる人もいるけど、なかにはまだぴんとこない人もいる。たとえばジョージアはファンタを手放すことができなかった。

――そこできみたちは戦車と十万の兵士を送りこみ、彼らの頭にＡＫ－47を突きつけてペプシを飲ませる。それできみたちとアメリカがどう違うことになるのか、ぼくにはわからないな。

――わたしたちは国境を守っているの。彼らは世界を征服しようとしてる。

――ＥＤＣはどうしたんだ？

――面白いことをいうのね。テーミスが消えたあと、一週間ほど存続してたわ。

――国連はもう存在しないのか？

――いいえ、国連はあるわよ。少なくとも書類上は。でも、あのロボットはアメリカ一色なの。とことん赤、白、青。それに未亡人や孤児たちを守ってはいない。

――そしてきみはテーミスで同じことをやりたいと。

――そうよ、状況をちょっとばかり公平にしたいの！　それのどこが悪いのかわからないわ。彼らがそこの広場にビームを撃ちこんでくるのをやめさせるには、核攻撃の脅威しかない。相《M》互確《A》証破壊《D》。ダダン、ダダン、ダダーン……ＭＡＤ戦略は、ロボットを持たないわたしたちに残された唯一の手段だわ。それがどんなにまずいことかはわかるでしょう？　こちらがほんとうはボタンを押したくないのがわかってるから――最後にはみんなぱりぱりに焼け焦げてしまうっていう、暗黙の了解があるせいで――向こうはわたしたちを隅に追いやりつづけ、やがてどこにも行き場がなくなったわたしたちはドカンといくわけ。あとにはコークもペプシもなく、放射能に汚染された泥水があるだけ。

――ぼくがきみたちのためにテーミスを操縦するはずがないのは、わかってるんだろう？

――ああ、ヴィンセント、ヴィンセント……自分自身のためにやるっていうのはどう？……あなたの娘さんを見る警備員の目つきには気づいてるはずよ。彼女がどのくらい息を止めていられるか知ってる？　わたしのあとについていってみて。カッターナイフ。

――くたばれ。

——ねえ、いまのはちょっと、やってみてくれって頼んだようなものだと思わない？

——ぼくは——

——わかってる、わかってるわ。もし彼女を傷つけたら、わたしはあなたに殺される。あなたが本気だってことは一瞬たりとも疑わないわ。心配しないで。いまのはからかっただけよ。けっしてあなたの娘さんを傷つけたりしないから。

——きみが本気でいってると、どうしてわかる？

——わたしにはそんなことをする必要はないって、あなたにはわかってるからよ。わたしは娘さんの髪を切ってあげられるし、前髪に取りかかる前に、あのロボットに乗りこんだあなたから指示を求められてるでしょうね。なにか別の話をしましょうよ、いいでしょう？　こんなのは気が滅入《めい》るだけだわ。なにか建設的な、そうね、あなたのお友だちをどうやって救うか、みたいな話がいい。正直いって、わたしにとっては彼がテーミスを操縦してくれたほうがずっといいんだから。

——ぼくになにをさせたいんだ？

――それこそ正しい態度ってものよ！　尋ねてくれてありがとう。ほら、うちの医者たちはわが身が心配だからそういおうとはしないけど、どうすればあなたの友だちを救えるのか、現時点では見当もついてないの――まったくといっていいほどね――そしてわたしはこう考えてる。ひょっとしたら彼が知ってるかもしれない。ことによると彼なら、自分自身を救えるかもしれない。わたしたちと話そうとしないだけで。こちらのいうことがわからないのか、話したくないのか。でも、きっと友だちとなら話したがるでしょう。

――ぼくが彼と話せるなんて、どうして思うんだ？

――本気でいってるの？　そうねえ。うーん、彼はあなたたちと一緒にテーミスに乗っていた。もし誰とも話せなければ退屈な旅になったでしょうね……ああ、そうよ、それにあなたは彼の星で九年間、過ごしてもいる。そうだ、それにあなたは言語学者だわ。まさに専門分野みたいなものでしょう。ほかに？　うーん。いいえ。以上。これで全部よ。

――ぼくはどうしてそんなことが可能だなんて思うのか、というつもりでいったんだ。彼らは音以外のなにかで意思疎通をしているかもしれない。化学反応やフェロモン、接触、テレパシー、手話を使うのかもしれない。たとえ意思疎通に音を使うとしても、こちらがその音を発し、認識することができなくてはならないだろう。彼らはまったく異なる調音システムを持っているかもしれない。彼らには咽頭《いんとう》がないか、もしくはふたつある、それともまったく異なるものを持っているかもしれない。たとえ生理機能は同じでも、彼らはぼくたちには再現不能か、聞こえない音を発することができるかもしれない。彼らが発する音のいくつかは、ぼくたちにとっては超音波かもしれない。なかには聞き分けられない音があるかもしれない。ぼくたちに聞こえる音はひとつでも、彼らは無数の異なる音をとらえているかもしれない。彼らは同時に十あまりの音を発することができるかもしれない。意思疎通ができない可能性は、とてもたくさん考えられるんだ。ぼくは北京官話を再現することはもちろん、その音の高低を正しく聞き取ることもできない。ぼくには上が下、下が上と逆さまに聞こえる。人間相手でもこれなんだ。ダチョウみたいな歩き方をするよその星の住人と話ができる確率を想像してみろ。たとえ音の問題は脇におくとしても、ぼくたちには彼らが表現していることが把握できないかもしれない。その論理はぼくたちが使っているものと同じじゃないかもしれないし、彼らが物事を概念化するやり方はぼくらとは違うかもしれない。

――待って、待って……わたしったら、なんてばかなんだろう！　当たり前じゃない！　あなたが入ってくる直前、エヴァに彼と話したいか尋ねたのをすっかり忘れてたわ。いま彼女はエッキムと一緒よ。ほんとにそそっかしいんだから。結局のところ、あなたに彼と話してもらう必要はなさそうね。でも、いまのちょっとした講義には心からお礼をいうわ。ほんとうに面白かった。だめよ、またそんな顔をしないで！　ほんとなんだから！　彼らは親しいようね、エヴァとエッキムは。知りあってどのくらい？　丸九年？　それより短いの？

――それでなにが違ってくるんだ？

――まったくよね！　わたしに黙っていることにどんな意味があるの？　エヴァに直接尋ねることもできるのよ。彼女に関するセキュリティプロトコルはもっと厳重で、わたしは書類仕事が嫌いだから、できればあなたに話してもらいたい。でもいいの、あなたは話さなくていいわ。ガラス越しに彼女と話をするためだけに、わたしがどれだけたくさんの書類に記入しなくちゃならないか知ってる？

――わからないな。なんだってあの子の場合は事情が違うんだ？　ぼくたちはみんな、同じだけ向こうで過ごしたんだぞ。

――そうなのよ！　でしょう？　彼らがエヴァを密閉された部屋に入れたとき、わたしは同じ質問をしたの。それでね、まずいえるのは、彼女がわたしたちの出会ったほかの誰よりも異星人の遺伝子をたくさん持っているってこと。

――それでも遺伝子のほんの一部じゃないか。

――そうね、いまはほんのささいな問題よ。エヴァはA5なの。

――それはどういう意味だ？

――彼女が仕事に就くのはほんとうに大変だろう、っていう意味よ。わたしはA1で、なれるのは大佐まで。ほとんどの国ではA3は収容所に入れられてる。とにかく、これでストライク・ワン。あなたの娘さんはたいていの人よりも異星人に近く、おまけに人生のほぼ半分をよその星で過ごした。こっちで過ごしたうちの何年かは赤ん坊だったから、実際には人生のほとんどを向こうで過ごしたことになる。またばかなまねをするけど、わたしはエヴァが……帰りたがらなかったほうに喜んで賭けるわ！　そうでしょう？　違う？　とにかく、ストライク・ツー。それからもちろん、異星人とデートしてたことやなにかがある。この地球で一億人を殺したのと同じ種族、モスクワを破壊したのと同じ種族とね。

――モスクワに爆弾を落としたのはきみたち自身だと思ったがな。

――たいした違いはないわ。要するに、いまエヴァにはまったく信用がないってことよ。彼女がいまだに地球の習慣を捨てずにいるのを見て――初めて会ったとき、わたしに中指を立てて見せたのよ――嬉しかったけど、それでもいまいましい異星人と話してる。

――あの子はきみと同じくらい人間だ。ぼくらは自分たちだけで暮らしてた。ぼくがあの子を育てたんだ。それにローズが。エヴァはぼくたちと一緒だった。

――ほらね！　そうこなくちゃ。これであの指の話より前向きなことを上司に報告できるわ。ほかにわたしに話せることはない？　ほら！　なんでもいいの！　いいわ、向こうに着陸したときになにがあったか話して。エッサット・エックトに――そうよ、ローズから聞いたの。いい名前ね。あなたたちはどうしたの？　向こうで誰かが出迎えてくれた？　住人に出くわすまで、あてもなくただ歩きまわったの？　話してちょうだい。

――ぼくたちはなにもしなかった……死ぬのを待っていたんだ。

ファイル番号（一六四一）　ＥＥ〇〇一
パーティーの記録――エヴァ・レイエス
場所：ニューヨーク州ニューヨーク市、ＥＤＣ本部のテーミスの内部

――記録者、エヴァ・レイエス。あたしたちはテーミスに乗ってお祝いをしてるところ。一緒にいるのは父さん、ドクター・フランクリン、それにゴヴェンダー准将。あたしは……なにをいったらいいのかわからないわ！　ねえ、ヴィンセント？

〔なんだい、エヴァ？〕

――どうしてあたしはヘッドセットをつけてなくちゃいけないの？

〔それはぼくらがこれを録音してるからだよ。ローズはなんでも録音したいんだ〕

――それはわかってるけど、どうしてあたしなの？　どうしてあなたたちの誰も、これをつ

けられないの？

〔見てごらん。ぼくは肩の骨が折れて、片脚が上に折れ曲がってる。ローズは脛骨《けいこつ》が折れてる〕

——これはヘッドセットよ。あなたの頭につけたって同じでしょう。

〔きみはぼくたちよりも動きまわれる。文句をいうのはやめにしないか？〕

——准将ならつけられるのに。

〔准将は少しばかり酔っ払ってるからな〕

〔聞こえたぞ、クーチャー！〕

〔すみません、准将。ぼくはあなたがべろんべろんに酔っ払ってる、っていうつもりだったんです〕

〔こいつはひどいシャンパンだな。本物の酒はないのか？ それにこのなかはどうしてこんな

に暗いんだ？　自分のグラスもろくに見えんぞ！〉

——もうひとつあたしが訊きたかったのはそれよ。なんであたしだけジュースなの？

〈ちゃんと録音ができるようにだよ。ああ、それにきみは十歳だしな〉

——ちょっと、ヴィンセント！　あたしはどこかの巨大ロボットをやっつけたばかりなんだから。シャンパン一杯くらいいいじゃない。

〈厳密にいえば、やっつけたのはローズ——〉

〈こっちにいらっしゃい、エヴァ。一杯飲ませてあげるわ。小さいグラスでね！〉

——ありがとう、ドクター・フランクリン。

〈わたしのことはローズと呼んでっていったでしょう〉

——だってほんとにいいのか——

〈ヴィンセントはそう呼んでる。もしあなたがそうしてくれないなら、あなたのことはミズ・レイエスって呼ぶことにするわ〉

――わかった、だったら、ローズ。いまどんな感じ？

〈シャンパンのこと？　そうね――〉

――そうじゃなくて、あなたが正しかったこと。あなたの計画がうまくいったことよ。

〈まあうまくいったんでしょうね。准将、どうしてそんな顔をしてるんですか？〉

｛やつらにＤＮＡをいじられなくてもわれわれは同じくらい手強《てごわ》い存在になっていたと異星人どもに示すために、ビール樽《だる》から取り出したバクテリアだらけのなんだか緑色のねばねばしたものを浴びせるとは――｝

――なにをいってるの、准将？

〔わたしがいってるのは……わたしはなにをいってたんだ?〕

〈准将はわたしの計画が成功する見込みはまったくないと思ってた、っていいかけてたのよ〉

——そうなの、准将?

〔これっぽっちもな〕

——あはは! ヴィンセントはどう? うまくいくと思ってた?

〔ぼくかい? ぼくは——〕

〈ばかげてると思ってた。そうでしょう、ヴィンセント! 白状しなさいよ!〉

〔そうじゃないんだ、ローズ! 理屈はわかってた。ぼくはただ、たとえバクテリアの効果があったとしても、異星人たちが正しいメッセージを受け取ってくれるかどうか確信が持てなかっただけだよ〕

〈彼らが受け取ってくれたのか、わたしたちにはわからないわ〉

——どうしてそんなことがいえるの、ドクター・フランクリン？　あいつらは引きあげたんでしょう？

〈ローズよ、いったでしょう？　わたしたちには彼らがなぜ引きあげたのかわからない。あれがほんとうに、彼らがわたしたちにやらせたがっていたことなのかわからない。これはたんなるミスター・バーンズの受け売りよ。あの人は彼らのことをわたしたちよりたくさん知ってるけど、直接話をしたことはない。たぶんわたしたちと同じくらい、当てずっぽうでいってたんでしょうね〉

——ほかにどんな理由で彼らは引きあげたっていうの？

〔それはドクター・フランクリンが、なんだかひどくねばねばしたものをやつらに吹きかけたからさ！〕

〔准将、エヴァのジュースを少し試してみられたほうがいいかもしれませんよ〕

――リンゴジュースよ。

〈黙れ、クーチャー！　これは命令だ！〉

――真面目に答えて、ローズ。ほかにどんな理由で彼らが引きあげるっていうの？

〈あなたのお父さんなら想像がつくでしょう。彼に訊きなさいよ！〉

――ヴィンセント？

〈知らないよ！　ひょっとしたらあのバクテリアが怖かったのかもしれないな。もし彼らのロボット、彼らの船、ひょっとすると彼らの家も、全部同じ科学技術を用いてつくられているとしたらどうだ？　もしあのバクテリアが少しでも彼らの世界にたどり着いたらなにが起こるか、ちょっと想像してみろよ〉

……

――いまのはなに？

〔ぼくはなにをいいかけてたんだったかな。照明がちょっと明るくなったんじゃないか？〕

——そうかもね。

〔テーミスが起動したみたいだな〕

〈誰もヘルメットをかぶってないのに？〉

——そんなことができるの？

〔わたしは知らんぞ！　きみらのこのくそいまいましいロボットのなかに入ったのも、初めてなんだからな〕

——ヴィンセント？

〔操作盤が点灯してる。エヴァ、上へいってヘルメットをかぶってみろ〕

――わかった。でもあたしたちは格納庫のなかにいるのよ！　なにが見えるっていうの？

〔わからないよ、エヴァ。ただの勘だ〕

――いまかぶってるところ。あたし……そんなまさか――

〔どうした、エヴァ？〕

〈エヴァ？〉

〔ええい、このちびめ！　なにが見えるんだ？〕

――みんな？　ここはもう地球じゃないみたい……

〔なんだって？〕

〈地球じゃないってどういうこと？　ヴィンセント、ヘルメットをかぶってみて〉

——大きなロボットが。あたしたちを取り囲んでる。
〔われわれを攻撃したやつらか？〕
——わからないわ、准将。だって……
〔このいまいましいちびめ！　単純な質問だろう。それはわれわれを攻撃したのと同じやつらか？〕
——知らないってば！　あれがここにいるかなんてわからない。
〔クーチャー、この子はいったいなにをいってるんだ？〕
〔くそっ！　この子にはほんとうにわからないんですよ。何百体もいるんです〕
——何千体よ。みんなびしっとまっすぐ並んでる。あたしたちの後ろにも。
〔エヴァのいうとおりだ。兵馬俑《へいばよう》みたいですよ。そしてぼくたちはそのど真ん中にいる〕

――父さん、怖い。

〔ああ。ぼくもだよ〕

ファイル番号EE〇二――エッサット・エックトで記録された個人ファイル
私的記録――エヴァ・レイエス
場所：未知の惑星、テーミスの内部

――あたしの名前はエヴァ・レイエス。年は十歳。あたしたちが地球に帰れないときのために日記をつけておくよう、父さんにいわれてる。あたしは……あたしたちは三日間、テーミスのなかにいる。少なくともバッテリーが切れる前の父さんの携帯には、そう表示されてた。合っているかどうかはわからない。太陽は一度も沈んでない。ここには食料も水もない。あったのは一リットル入りのリンゴジュースだけ。それもなくなっちゃった。あたしは……ほかになにをいったらいいのかわからないわ。ドクター・フランクリン？　なにをいえばいいと思う？

〈あなた自身のことを話してごらんなさい。あなたがどこからきたか。どうやってここにきたか。それから、わたしのことはローズと呼んでちょうだい〉

――えーっと……あたしはプエルトリコで生まれた。あたしの両親、あたしを育ててくれた人たちは、政府のために働いてた。あたしたちはサンファンの素敵な家に住んでたの。あたしはサンファンのイングリッシュスクールに通ってた。成績はよかったけど、そこでは誰からも好かれてなかった。先生たちには問題児だと思われてたわ。もし父さんが理事じゃなかったら退学になってたところね。友だちは多くなかった。いろんな幻《まぼろし》を見るから、そしてときどきそのとおりのことが起こるから、みんなはあたしのことをイカれてるって思ってた。あたしはからかわれ、悪口をいわれた。友だち、悪口をいわない子たちはけっしてなにもいわなかったけど、あたしのことを心配してた。あたしの両親も。ふたりはいつも心配してた。

〈きっとご両親はあなたのことをとても愛してたんだわ〉

――わかってる。でもあたしは病気なんだって思ってた。最後には信じてくれたけど、あたしのせいで死んじゃった。

〈エヴァ！〉

――だってそうでしょう！

〈あなたのせいじゃないわ！〉

——あたしはなにもしてないけど、ふたりが死んだことに変わりはないわ！　もしあたしがあそこにいなかったら、あの傭兵《ようへい》たちがやってくることはけっしてなかった。ほんとうのところ、あたしはあの人たちの娘でさえなかったのよ。あたしは研究室でつくられた。妊娠したのは母さんだけど、あたしは試験管のなかでつくられた。あたしの生物学上の両親は、テーミスを操縦するＥＤＣのパイロット、カーラ・レズニックとヴィンセント・クーチャーだった。いつかテーミスを操縦できるように。それが、あたしがつくられた理由。ほかになにがあったかな？　あたしは誘拐された。カーラが助けてくれたけど、それから彼女も死んだ。地球がよその星からきた巨大ロボットたちに襲われて、彼女はあたしを助けようとして死んだ。

〈エヴァ、わたし……〉

——なに？

〈なんていうか。ほら……いいこともあったでしょう？　そのことを話せる？〉

——あたしは……そうね。あたしは父さん、ヴィンセントに会った。彼はクールよ。

〔聞きましたか、准将！　ぼくはクールなんですよ！〕

——彼はあたしにテーミスの操縦の仕方を教えてくれた。ふたりでエジプトへいった。ピラミッドを見たわ。それからあたしたちは異星人のロボットと戦った。死ぬことになるんだと思ってたけど、あなたが——

〈わたしはここにいないつもりで話して〉

——……だけど、ドクター・フランクリン——彼女はほんとうに賢いの——がそのロボットを破壊してくれて、ロボットたちはみんないなくなった。

〈ありがとう、エヴァ。そういってもらえて嬉しいわ〉

——ほんとのことだもの。それから……それからあたしたちはパーティーを開いたんだけど、その最中にテーミスが起動したの。どういうわけか、あたしたちはここにたどり着いた。どこだか知らないけど。いまテーミスは、彼女によく似たロボットの大群の真ん中に立ってる。ほかになにも見えないし、外にも出られない。

よし、これでどう？

〈それだと……ちょっと短いわね。きっともっと話すことはあるでしょう〉

――あたしは気分が悪い。お腹がぺこぺこ。

〈みんなそうよ、エヴァ。なにかほかのことを考えて。サンファンではなにをしてたの？　どんな生活をしてた？〉

――さあ。あまり出かけなかったし。テレビゲームをしてたわ。

〈全然出かけなかったの？〉

――エッシーが引っ越す前は一緒に遊んでた。よくふたりで石を探しにいったの。エッシーはたくさんコレクションしてた。いい石を見つけるのはあたしのほうが上手だったわ。エッシーはほんとに石が好きだった。ある夏、あの子の両親にリオ・カムイ洞窟に連れていってもらったの。うちの両親は許してくれないだろうと思ったんだけど、いかせてくれた。すごかったわ。エッシーはひどく興奮してた。誰かがあんなに嬉しそうにしてるのを見たのは初めてだった。あたしたち、帰り道でアレシボ天文台に寄ったの。エッシーのお父さんが、ここは異星人と話をするのに使われてたんだっていったわ。ふたりともからかわれてるのはわかってたけど、あたしはそのあと何カ月もそのことを考えてた。別の世界にいるあたしみたいな女の子のことを想像したの。ふたりとも大きな望遠鏡をのぞいて、大きなボール紙にメッセージを書いて会話をするのよ。

〈それはほんとうにゆっくりした会話になったでしょうね。アレシボにあるのは電波望遠鏡で、電波が向こうに届くには長い時間がかかるわ。あなたの友だちのお父さんは冗談をいってたのかもしれないけど、かつてはそこから宇宙にメッセージを送っていたのよ〉

——誰かから返事はあったの？

〈いいえ。天文台の人たちが返事を探していたとも思わない。自分たちの新しいおもちゃを見せびらかしてただけだと思うわ。詳しいことは知らないけど。ずっと前の話よ。わたしが生まれる前のね〉

——あたしくらいの年のとき、よその星へいくことを夢みたことはある？

〈あなたの年頃には、自分はよその星からきたんだって思ってたわ。そうよ、皮肉でしょう。

わたしは……あなたは両親がほんとうの自分の親じゃないって感じたことは……いまのは忘れて。わたしは自分が理解されていないと思ってた。たぶん、子どもはみんなある時期、そんなふうに感じるものだと思うの。わたしは自分がよその星の人間で、いつか――実際にはある晩、なぜかそれは夜じゃないとだめだったの――〝同胞〟が宇宙船に乗って迎えにきてくれると思ってた。ただ、悪者もいて――覚えてないけど、たぶん別の星からきた――必死でそれを邪魔しようとしてるの。もちろん悪者たちはベッドの下に隠れてて……なぜって、ほら、悪者が隠れるのはベッドの下と決まってるでしょう。わたしはいつもベッドから体がはみ出していないか、たしかめなくちゃならなかった。もし足の指一本でも突き出してたら、彼らにつかまってしまうから〉

――どうしてその悪者たちは、あっさりベッドの下から出てきてあなたをつかまえないの？

〈それはわたしのベッドに特別な力があったからよ。フォースフィールドとか？〉

――あたしたちが地球で戦ったロボットみたいに？

〈まさしくあんな感じ。もしかしたらわたしのベッドはここでつくられたのかもしれないわね〉

――あたし……

〈エヴァ、大丈夫？〉

――くらくらする。お腹がすいた。もうやりたくない。

〈わかるわ。わかる。でも気を紛らわせようとしないと〉

――地球の人間はみんな、異星人の血を受け継いでるっていってたわね。

〈血じゃなくて、DNA。つまり……記号ね〉

――暗号ってこと？

〈まあ、そんなところね。だけどあなたの細胞は、その読み方を知ってるの。あなたの体にどう成長すべきか、どう機能すべきかを教えるレシピみたいなものよ〉

――そしてすべての人が、この星からきたものを少し持ってるのね？

〈まあ、わたしたちがどこにいるのか知らないけど。でも、もしここがわたしたちの思ってるようにテーミスがつくられた星なら、そのとおりよ〉

——わたしも少し持ってるの？

〈そうよ。あなたのお母さんとお父さんはたいていの人よりたくさん持ってるし、あなたはそのどちらよりもたくさん持ってるかもしれない〉

——もしかしたら異星人たちは、あたしをここに連れ戻したかったのかもしれない。あなたがあたしくらいの年の頃に想像したみたいに。

〈エヴァ。あなたのＤＮＡで地球由来じゃない部分は、遺伝情報のうちのごくごくわずかなのよ。自分が、自分の全身がその情報だと想像してみて。そうすると異星人の部分は……小指の爪《つめ》より小さいでしょうね。彼らがあなたに会いたくてわたしたちをここに連れてきた、というのもあり得ない話じゃないけど、わたしはおおいに怪しいと思うわ。もし彼らがわたしたちのなかの誰かに会いたかったのなら、到着したときにここにきてるでしょう〉

——ドクター・フラ……ローズ？

〈なあに、エヴァ〉

——あたしたち、食べ物なしでどれだけ生きられるの？

……

——ローズ？

〈ヴィンセント、この質問にはあなたが答えるべきだと思うわ〉

〔いいんだ、ローズ。きみが話してくれ〕

〈あなたに話してもらいたいのよ〉

——話すってなにを、父さん？

〔ぼくらは食料がなくてもあと二週間はもつが、水がなくては長くはもたないだろう。きみはたぶん、あと三、四日というところだろうな。残りのぼくたちはみんなアルコールを飲んでたから……〕

――だから？

〔それより短いだろう。もう一度テーミスを試してみるか？〕

――一時間前に試したじゃない。彼女は動こうとしなかった。

〔ほかにましな案がなにかあるのかい？〕

――わからない。その……誰だか知らないけどあたしたちをこの場所に連れてきたやつらは、このままここで死なせるつもりなの？　彼らはどうしてやってこないの？

……

――ローズ？

〈わたしたちがここにいることを、知らないんだと思うわ。彼らはテーミスを連れ戻しただけで、わたしたちがたまたまそれに乗っていたんでしょう〉

——父さんはどう思う？

〔ぼくは……ぼくはテーミスが動かないか、もう一度試してみるべきだと思うな。うまくいかないのはわかってるけど、なかに誰かいることに気づいてもらえるかもしれない〕

——もし気づいてくれなかったら？

〔ほかになにをいえばいいのかわからないよ、エヴァ。ぼくたちはジャンプできない。ビームを発射しようにもエネルギー切れだ〕

——あたしたち、なにかしなくちゃ。准将の具合が悪くなってるみたいよ。

〔エヴァのいうとおりだ。あまり調子がよさそうじゃありませんね、准将〕

〈自分の心配をするんだな、クーチャー。わたしはよくなるさ。いまいましいシャンパンのせいだ〉

〈あなたには――〉

〈わたしにはなんだって？　水が必要？　なにかわたしの知らないことをいってくれ。役に立つことをするんだな。アイスペールを空にしてこい。ここは臭う〉

――あたしを見ないでよ。もうあれに触る気はありませんからね。絶対よ。

ファイル番号EE〇〇三――エッサット・エックトで記録された個人ファイル
私的記録――ヴィンセント・クーチャー
場所：未知の惑星、テーミスの内部

親愛なるカーラ

きみはどっちをよけいにいやがるだろう？　ぼくが死んだ妻に手紙を書いていることか、それとも親愛なるカーラと書きはじめたことか。ぼくがペンと紙を取ってきみに手紙を書くのは、これが初めてじゃない。きみが死んだ数日後に、ローズからそうしたほうがいいといわれたんだ。喪失感に対処する役に立つだろうってね。ぼくは彼女に、そんなばかなことはしないっていった。実をいうと、その日の晩にやろうとしたんだ。一時間じっと紙を見つめていただけであきらめたよ。どうやら二度目はうまくいきそうだ。みんな眠ってる。レコーダーを使って彼らを起こしたくなかったから、これはいい考えだったみたいだ。きみにエヴァを見せたいよ。あの子はほんとうに安らかに眠ってる。

きみのことがひどく恋しいよ、カーラ。それにいまは神を信じたい気分だ。こんなに強くなにかを望んだのは生まれて初めてだよ。ぼくはもうじき死ぬし、きみが向こう側でなにか辛辣な言葉を用意して待っていてくれると信じたい。これまでずっとぼくは、宇宙の一部になるだけで充分すばらしいと思ってた。ぼくみたいなちっぽけなやつが永遠にうろうろしてるよりは、ずっといいと思ってたんだ。たぶんいまだにそう思ってる。自分の〝魂〟がどうなろうと知ったことじゃない。まだぼくが存在するかはどうでもいいけど、きみにはほんとうにそこにいてほしいと思ってる。もしきみがいてくれたら、その世界にはより意味があるだろう。

もしきみがその辺にいたら、なんていうかはわかってる。ヴィンセント、泣き言をいうのはやめて、このひどい状況から抜け出す道を見つけなさいよ。ぼくはやろうとしてるんだ。信じてくれ、やろうとしてるんだけど、選択肢は尽きかけてる。ぼくたちは食料も水もなしに、十五階建てのビルの高さにある金属の球体のなかで身動きが取れなくなってる。なぜか制御盤の動力源が切れてしまって、テーミスは動こうとしない。助けを呼ぶことはできないし、外にも出られない。「スター・トレック」のコバヤシマルテストだ。あきらめるつもりはまったくないけど、自分たちがここから出られるように願っているだけというわけにはいかない。あっけないものさ。侵略してきた異星人と戦い、よその星に連れ去られて、小便臭い空間でゆっくりと渇き死にする。こんなに遠くまできたって、なんの意味もない。ただきみのそばにいることもできたのに。

文句をいってるわけじゃないんだ。いや、いってるか。でも、先週は一億人が死んだんだ。もしこれでおしまいなら、あと四人くらいどうってことはないだろう？　ぼくはたっぷり生きた。ユージーンが人並の経験をしてきたことはわかってる。ローズは……そうだな、ローズは二度の人生を生き、ひとつの星を救った。それを超える経験をするのは難しい。つまり、ほんとのところ、そんなことをしたあとでなにをする？　一日じゅう顕微鏡をのぞいて過ごす？　レストランを開く？　誰もつかまえにこないだろうと気づいたとき、ぼくらのうち三人には次に控える事態に対する準備ができているのがわかった。でもエヴァは違う。あの子はひどく怯えてる。生きたがってる。ぼくたちみんなそうだが、彼女は純粋な動物的感覚でそれを望んでる。エヴァは雌ライオンだ。きみに似てるよ。彼女が内に秘めてる力ときたら。それは美しいし、見ていると胸が張り裂けそうだ。

エヴァはほんの子どもだ。短い人生のなかでたいていの戦争の英雄よりたくさんの悲しみを経験してきたが、まだ子どもなんだ。十歳の子どもにとって〝いい死〟なんかないけど、あの子がもっとましな死に値するのは間違いない。こんなのはろくな死に方じゃないよ。また彼女をがっかりさせてる気分だ。いちばん辛いのはそれだよ。もちろんエヴァには生きていてほしいけど、あの子にふつうの十歳の子どもらしい一日、一週間を、ふつうの生活らしきものを送らせてやれたらよかったのに。短いあいだだけでも。ふつうの時間なんてものはないのはわかってるけど、そういうふりができればいいんだが。

たぶんあの子に配られた手札には、ふつうの子どもになるっていうのは一枚もなかったんだろうな。あのロボットたちがいっさい現れてなかったら、どうなってたかな。もしかしてぼくらがテーミスを壊してたら？　わからないけど、仮にきみとぼくが一緒にエヴァを育ててたらどうだったろう。ふつうの職に就いたぼくたちが、仕事が終わって家族で食事をするためにうちに帰るところを思い描けるかい？　ぼくらはふたりとも料理ができない。かわいそうなあの子はピザで育つことになってただろうな。どうかしてるみたいに聞こえるだろうけど、ぼくたちにわずかでも親としての資格を与えてくれるのは世界の終わりだけだと思うんだ。ぼくらはうまくやってただろうけど、きみとぼくの場合、それは極限状態での話だ。ＰＴＡの集まりではどうだったかわからないが、ぼくたちならきっと第三次世界大戦を一緒にうまくこなせただろう。〝一緒に〟というのがいちばん重要な言葉だ。きみなしでぼくになにかできるのか、自信がないよ。

自分に厳しすぎるなんていわないでくれ。ほんとのところ片親としてのぼくの基準は、もう下げようがないってくらい低いんだから。あの子に取扱説明書はついていなかったけど、もしついていたらそのなかにはまず間違いなく、自分の子どもをよその星に残して目の前で死に、その死体の処理をさせてはいけない、ってことが少し書いてあるだろう。わかってる。あの子を生きながらえさせるんだ。でも心のどこかでときどき、あの子が先に逝ってくれることを願ってる。ぼくたちはまだ、飛行機がアンデス山脈に墜落したときにどうやって生きのびるか、という話はしてない。自分があの子になにを話すつもりかも、ぼくにはよくわからない。人肉にあの子を生かしつづけられるだけの水分があるとは思えないし。あるのかな？　インターネットがあればいいのに。だいたい、そんな話をどう切り出せばいいんだろう？　「ぼくはお腹はすいてないけど、きみはユージーンを食べるべきだな、ハニー」自分がそんなことをするかはわからない。きみは？　そうだな、きみならやるだろう。

　仮定に照らして自分の信条を試すのは難しいな。まあ答えはもうじきわかるだろう。ユージーンは今日一日もちそうにない。うめき声をあげ、何秒かとりとめのないことを口走っては、また気を失うばかりだ。なにか彼にしてやれることがあればいいのに。エヴァにそんなものを見せずにすめばいいのに。

　もどかしいよ。ぼくたちが死にかけてることが、じゃなくて――明らかにそれはそうなんだけど――誰かが説明してくれているのに自分にはそれを理解できるだけの頭がないみたいな、なにかを見落としてる感じがするんだ。ウィトゲンシュタインがいってたあれは、なんだったっけ？　ドアを押すかわりに引くことを思いつかないせいで、鍵のかかっていない部屋に閉じこめられた男の話かなにかだった。ぼくのなかの科学者を責めてくれ。でもぼくは物事をすっきりさせたいんだ。こんなのは筋が通らない。テーミスは三千年間留守にしてたんだ。好奇心をそそられて彼女を調べるとか、ホースで洗うとか、なにかしたいと思うだろう。彼らはテーミスが戻ってきたことを知ってるはずだ。彼女を連れ戻したのは彼らなんだ、そうにちがいない。この球体のなかで、ぼくたちはなにもしなかった。

　向こうはいつまでも待ってはいられない。もしぼくがほんの少し長くエヴァを生きながらえさせることができれば、誰かがやってくるだろう。ぼくにはそれがいいことなのかさえわからない。誰がやってくるにせよ、友人でないのはたしかだ。それはぼくたちを襲ったものたちだ。一億人を殺した。彼らにそんなつもりはなかったのかもしれないってローズは考えてるけど、連中がやってきた理由がどうであれ、こっちも彼らを何人か殺してる。それもぼくたち、つまりぼくとエヴァ、それにローズが。彼らを何人か傷つけたたった三人の人間が、いまこの球体のなかにいてじわじわと脱水症状で死にかけてる。これは偶然の一致じゃないかもしれない。

彼らは戦争捕虜をどう扱うんだろう？　おそらく彼らはぼくたちのことをそう見るはずだ。そもそも彼らは捕虜を取るんだろうか？　エヴァを救えるならぼくはなんでもするつもりだけど、彼女が何カ月も拷問された末に死んでしまうくらいなら、ここで安らかに死んでくれたほうがましだ。外に出る方法を探すという自分の選択が正しいのかさえわからないけど、ぼくはそうしてる。これは難問だ。一度にひとつずつ。さしあたりぼくがやらなくちゃいけないのは、とにかくあの子をもう一日生きのびさせることだ。もしぼくが明日もまだ生きていたら、同じことをしようとするだろう。そして次の日も、そのまた次の日も。きみが心配しなくても、ぼくはやってみるよ、カーラ。やってみるさ。あの子を生かしておくためならなんだってするつもりだ。もし必要なら自分の体に火をつけるさ。

考えてみれば、その思いつきはそう悪くないかもしれないな。ここはかなり狭い空間で、潜水艦みたいなものだ。潜水艦でいちばん起こってほしくないことはなんだろう？　実のところぼくにはほんとうかどうかわからないけど、とにかく映画ではそういうことになってる。テーミスにはラジオもエアコンもついてないが、火災報知器はあるかもしれない。ローズは、もうひとりのローズはよく、財布にライターを入れて持ち歩いてた。あれが昔からの癖ならいいんだけど。もういかなくちゃ。もしこれがうまくいったら、毎月手紙を書くと約束するよ。そう、毎月だ。死んだ妻に毎日手紙を書くつもりはないよ。ぼくらの娘はすでに幻を見てるんだ。もし可能なら、一家のなかでイカれたことは最小限にとどめたい。

いまこんなことをいうなんてひどい話だけど、きみが一緒にいてくれたらいいのに。面倒に巻きこまれるなよ。

愛をこめて
ヴィンセント

ファイル番号二一〇九
ロシアの秘密録音——ローズ・フランクリン博士とヴィンセント・クーチャー
場所：ロシア、サンクトペテルブルク、ＧＲＵビル、私室

——彼女がいってることはほんとうよ、ヴィンセント。

——誰のことだい？　なにがほんとうだって？

——あのロシアの少佐、キャサリンよ。わたしの知るかぎりではなにもかも。

——どうしてそんなことがいえるんだ？

——彼女が——キャサリンが、わたしには新しい服が必要だっていったの。

——へえ、彼女がね。ローズ！　いま彼女は、きみの友だちなのかい？　おたがいの髪をセ

ットしあってるのか？

——論点がずれてるわ。わたしは買い物にいったの。出かけたのよ。

——どこへ？

——ＴＳＵＭっていうところ。大きな……百貨店よ。サックスみたいな高級店。

——きみは買い物に出かけた、と。金はどうしたんだ？

——彼女の。彼らの。わからない。話の腰を折らないでもらえる？　もうあのスウェットを着てないのは嬉しいけど、わたしが出かけた目的は服じゃなかったんだから。そこにはアップルストアが入っていたんだけど、アップル製品はなにも置いてなくてロシア製のコピー商品が少しあるだけだった。付添役が偽物のｉＰｈｏｎｅを見てたから、わたしはそこのラップトップでネットを使ってみたの。それでキャサリンの話はほんとうだっていってるのよ。カナダのこと、メキシコのこと、なにもかもね。

——そんなのは理屈に合わないよ。どうしてアメリカが同盟国を侵略したりするのさ？

——もう同盟国なんてものは存在しないんだと思うわ。わたしの考えを聞きたい？　彼らの狙いはトウモロコシ、トマト、そのほかメキシコで育ってるものはなんでも。もしかしたら工場も。はっきりとは言い切れないけど、わたしの推測では、もう貿易はほとんど行われていないようね。国境は閉ざされてる。みんな生きのびるために、ある程度自給自足をしなくちゃいけないの。

——それでロボットのことは？

——それもほんとうよ。ネットのいたるところに載ってる。彼らはそれをラペトゥスと呼んでるわ。

——きみがやっつけたやつなのか？

——そうらしいわ。わたしがバクテリアを吹きつけた脚の一部が失われてる。かわりに巨大な金属の構造物が取りつけられてた。ものすごく不格好で気味が悪いの。

——どうやって？　テーミスはすべてのパーツがそろわないと、まったく動かなかったじゃないか。それにパイロットはどうなんだ？　てっきりぼくたちは――

――わからないわ、ヴィンセント。アリッサが絡んでるんだと思う。

――アリッサだって？

――彼女がそういってたの。

――誰が？

――キャサリンよ。

――ローズ！　これはたぶんすべて彼女が仕組んだことだって、わかってるだろう。きみが出かけた店に、たまたまコンピューターがたくさんあるなんて。彼女はきみを、ぼくを、ぼくたちみんなを操ってるんだ！

――彼女がわたしのために新しいインターネット環境を丸々つくったっていってるの？　わたしが見たのはどれも、地方の小さな新聞社のサイトよ。政府が偽のＣＮＮをつくるっていうならわかるけど、全部は無理だわ。

——彼女になにも話すなよ、ローズ。ぼくたちがなにをしたか話すんじゃないぞ。

——話すつもりはないわ、ヴィンセント。それにキャサリンがなにか企んでるのはわかってる。もし一瞬でも自分の利益になると思ったら、一から十までわたしたちに嘘をつくのは絶対に間違いないわ。いまのところ真実のほとんどは自分の役に立つと思っているから、それを利用してるんだと思う。わたしは彼女を信頼してるといってるんじゃないの。だけど外国政府を脅して降伏させるために走りまわっている巨大ロボットは、たしかに存在する。故郷には収容所ができてるのよ、ヴィンセント。ここにもね。

——誰のための？　エックトの血を多く引きすぎてる人たちのかい？

——ええ。それにたぶん外国人も。イスラム教徒がどうとか。ヴィンセント、わたしたちが留守にしていたあいだになにがあったのかわからないけど、まずいことになってるわ。

——もしやつらのためにテーミスを操縦してやるべきだっていってるんなら、きみは完全に正気をなくしてるな。

——もちろんそんなことはいわないわ。でも彼女をアメリカに送り返す気もない。最初の頃、テーミスは結局どう使われることになるんだろうってびくびくしてたのを、覚えてるでしょう？　わたしたちの心配は当たってた。まさにこういうことよ。わたしたちの友人にはわかってた。だから彼は、ひとつの国だけにテーミスを管理させようとしなかったの。

——人々が死んだんだ、ローズ。大勢の人たちが。きっとあのロボットがなければ、もっとひどいことになってただろう。

——あなたはほんのわずかでも責任を感じないっていうの？

——待ってくれよ、ローズ！　いつまでそんなことをいってるんだ？　いいや！　ぼくは誰に対してもなんの負い目もない。きみもそうあるべきだよ。これは彼らが自ら引き起こしたことだ。きみはここにいもしなかったんだぞ！　きみはこの星を救ったんだ、ローズ。惑星全体を。きみがやったんだ。きみひとりで。なんだか知らないけど、きみがあの穴に落ちたことでつくったような気がしてる借りは、ぼくにいわせれば利子をつけて返済されてるよ。とにかくここから抜け出す方法を見つけるっていうのはどうかな？　この場所からできるだけ遠く離れるんだ。あいつらはぼくたちと一緒のときは親切そうにしてるけど、いったいいつまで続くと思う？　そのうちぼくらは椅子に縛りつけられて、チペンタールナトリウムを大量に投与されることになるぞ……チオペンタールだったかな？

――知らないわ、ヴィンセント。彼らにそんなことができるとは思えないけど。

――なにが彼らを思いとどまらせるっていうんだ？

――そうね、まずはあなた。彼らはエッサット・エックトでなにがあったのかをもっと知りたがってるかもしれないけど、なにより望んでいるのはあなたにテーミスを操縦させることよ。強制的にやらせることはできるだろうけど、もしわたしが世界でもっとも強力な兵器の制御を誰かに委《ゆだ》ねようとしているなら、それは最初の選択肢ではないわね。

――きみのことはどうなんだ？　彼らはなんのためにきみが必要なんだ？

――彼らがほんとうになにかのためにわたしを必要としてるのかどうかはわからない。いまわたしが椅子に縛りつけられていない唯一の理由は、あなただと思うわ。もし彼らがあなたを説得する望みがあると思っているなら、わたしを手荒に扱って台なしにするつもりはないでしょう。それにアメリカはテーミスがここにあることを知ってるはず。わたしはアメリカ国民よ。

遅かれ早かれわたしたちを引き渡す必要に迫られるかもしれないことは、彼らにもわかってる。そのときわたしたちがまだ無傷なら、そのほうが簡単だわ。わたしがいいたいのはね、あっさりここから出ていくわけにはいかないってことよ。それでは不充分なの。

——たったいまきみは、彼らがテーミスを動かすためにぼくを必要としているといった。ぼくが出ていったほうがいいんじゃないのか？

——アメリカ人は動かせるロボットとパイロットを抱えてる。彼らがあなたを必要としていないのは明らかよ。アメリカが機能しなくなったロボットをまた元どおりに組み立てることができたのなら、完璧に機能するものを使ってロシアが好き放題にやり出すまでにどのくらいかかると思う？　彼らが殴り合いをはじめるのは時間の問題にすぎないわ。

——それはよかった。もしきみがいってることがほんとうなら、ぼくたちが留守にしていたあいだに世界はイカれちまったんだな。それについてはぼくにもきみにもどうにかできるとは思えないよ。

——どうしてわたしたちは戻ってきたの、ヴィンセント？

——なんてことを訊くんだよ。

——わたしは真剣に訊いてるの。どうしてわたしたちは、エッサット・エックトを離れるためだけにあれだけのことをしてきたの？

——理由はわかってるだろう。ぼくらはエヴァのためにやったんだ。

——ここでなら彼女はふつうの生活ができるだろうから。いままでのところ、それはどうなってるかしら？

——くそったれ、ローズ！　ぼくになにをいわせたいんだ？　もううんざりだよ。ほんとうにうんざりだ。

——わかってる。だけどわたしたちの仕事はまだ終わってないわ、ヴィンセント。取引したでしょう？　わたしたちはまだやり遂げてない。わかるわよね？

ファイル番号二一一三
GRU、キャサリン・レベデフ少佐とエヴァ・レイエスの対話
場所：ロシア、サンクトペテルブルク、GRUビル

——エッキムに会いたい。

——いまはだめよ、エヴァ、会えないわ。

——エッキムに会いたい！

——落ち着いて。まったくもう！　わたしは話をしたいだけなのよ。おしゃべりしましょ！　ビールを持ってきたわ！　あなた、ビールは飲む？　きっと飲まないだろうけど——わたし、わたしはワイン派なの——オフィスの冷蔵庫にはこれしか入ってなかったから。一杯やって、おたがいにもうちょっと知りあうことができるんじゃないかと思ったの。別にかまわないんでしょう？　もちろんそうよね。あなたは十九歳なんだから。

――くたばれ！

――ほんとに？　それはビールのこと？　もしそうならウオッカもあるけど……違うの？　エヴァ、あなたに嫌われてるのはわかってるけど、わたしはあなたの力になろうとしてるのよ。

――ほんとに力になりたいんなら、まずわたしをこの水槽から連れ出すことね。そうだ、待って、そもそもわたしをここに閉じこめたのはあなたじゃないの。さっきもいったけど、くたばれ！

――わかった……ビールはなしね。単刀直入にいうわ、エヴァ。わたしを信じる信じないはあなたの勝手だけど――それは完全にあなた次第よ――これはわたしの考えでやってることじゃないの。なによりあなたをここから出してあげたいけど、わたしはここの責任者じゃない。あなたの力になりたいのよ。でも、そっちもわたしになにかくれなくちゃ。もしかしたら気づいてないかもしれないけど、あなたとあなたのお父さん、それにドクター・フランクリンがここを離れて、あのロボットたちの故郷へいったことは――

――このアスタスト・ヨキッツ……

——わたしには意味がわからないわ。

——あそこへいったとき、わたしたちは四人だったっていう意味よ。あなたがゴヴェンダー准将のことを気にしてないのはわかってるけど、わたしは気にしてる。彼は友だちだった。

——そうだったわ！　彼もいたんだったわね！　あなたたちみんながその星へいったことは、大事件なのよ！　人々は知りたがってるの、エヴァ。みんながね！　そしてもしわたしが上司に、あなたは協力してくれてるって報告できたら——

——協力するってなにに？　具体的にわたしになにをさせたいわけ？

——あなたのお父さんにも同じことをいったのよ。いずれわたしたちのためにテーミスを操縦してもらいたい。でもまずは、あなたたちがいた惑星のことをもっと知りたいわ。

——ばかばかしい。その操縦云々《うんぬん》って話はまったくばかげてる。あなたたちの全軍を壊滅させ、一瞬で消し去ってしまえる巨大ロボットに、わたしと父さんを乗せようなんて。ええ、いいわよ。どこにサインすればいいの？

——それじゃあ、あなたはいまなにがどうなってると思ってるの、エヴァ？

——わたしは自分がただの手札だと思ってる。父さんをあなたたちのために働かせるためのね。たぶん脚のことやなにかがあるから危険を冒してやらせる価値はあるし、わたしの頭に銃を突きつけてるかぎり、あの人は絶対になにもばかなことはしないと踏んでる。そうなると、あなたたちには上半身を操縦するパイロットがもうひとり必要になるわ。わたしがここにきて以来ありとあらゆるテストをされてきたところをみると、あなたたちはアメリカ人がパイロットを探すのに使ってる遺伝子テストを再現しようとしてるんでしょう。わからないのは、どうしてあなたがわたしとおしゃべりして時間をむだにしつづけてるかよ。人質にしておくのにわたしの協力は必要ないし、わたしがなにも話すつもりはないってことはわかってるはずなのに。

——そうね、きっとあなたのいうとおりなんでしょう。わたしはひたすら毎日ここにやってくる。あなたと過ごすのをほんとうに楽しんでるからよ。考えてみると、もしかしたらわたしのやり方はまったくの見当違いだったのかもしれない。ことによるとあなたにテーミスを操縦させて、お父さんを手札として利用するべきなのかもしれないわね。

——やってみなさいよ。

——やっぱりやめておいたほうがいいのかもしれない。だけど、これでわたしたちの立場はわかったでしょう？　つまりあなたの。これがあなたの置かれた立場なの。わたしは……そうね、ピクルスの瓶のなかで日々過ごしているのはわたしじゃないから……楽しかったわ！　いつもながら。もし気が変わったら知らせてちょうだい。またね！

——どうしてわたしをそっとしておけないの？　わたしはなにもするつもりはないわ。

——ちょっと、なにをいうの、エヴァ！　あなたはそんなにもの知らずじゃないはずよ。理由はわかってるでしょう！　こんな状況であなたをアメリカに送り帰すなんてできないわ。

——待ってよ、わたしがアメリカにいきたがってると思うの？　懐かしのアメリカに？　わたしが愛国者みたいに見える？　あなたから聞いた話だと、あそこはこの世界の残りと同じく、ひどいことになってるんでしょう。あなたがいまやってるイカれたことを全部正当化するために自分になんて言い聞かせていようと、わたしはかまわない。あなたが母国のためにやっているのか、それとも自分だけはなにをやっても許されると思ってるのかも、わたしにはどうでもいい。そんなことはどうだっていいの。あなたや彼らのことは関係ない。わたしがあなたを嫌ってるっていうのね。そのとおり。嫌いよ。あなたのことは陰険なサイコ女だと思ってる。ひょっとしたら間違ってるかもしれないけど。それはたしかにそうよね。わたしはあなたのことをよく知らないんだから。でも知りたいとは思わない。わたしはエッキムをここから連れ出したいだけ。

——それで、どこへいこうっていうの！

——故郷よ！　わたしは故郷に帰りたいだけなの！

ファイル番号二一一六
GRU、キャサリン・レベデフ少佐とヴィンセント・クーチャーの対話
場所：ロシア、サンクトペテルブルク、GRUビル

――わたしはあなたに親切にしてきたわよね、ヴィンセント？

――それはどういう意味かな？

――そろそろあなたがわたしに親切にしてくれてもいい頃だ、っていう意味よ。わたしは事を荒立てないようにほんとうに苦労してるんだけど、たくさんのことが起こってるの。たとえば、とにかくたくさんよ。

――たとえばどんな？

――あら、わたしの日常を語って退屈させたくないわ。あなたにとってはいつもの、戦争の

瀬戸際の政治的たわごとよ。でもこれだけはいわせて。わたしは少佐。情報は多くの人の手を経てわたしのもとにもたらされる。そしてそのすべての段階で、人は少しずつ礼儀にこだわらなくなっていく。大使の会合には食事とワインが少々、もし本気で脅し合いをしたければキャビアも少し出るかもしれない。将軍はコーヒーとクロワッサンを前に会合をする。大佐はクロワッサンを省いてコーヒーだけ。情報がわたしのところに届く頃には、食べ物も飲み物もなにもついてこない。それにその過程で、少しは前向きなことも一緒に失われてしまう。わたしが受け取るのは悲観的なことが詰まったマニラフォルダーだけ。さて、今日届いたフォルダーは電話帳並の分厚さだったわ。「ゴーストバスターズ」に出てくる巨大なトゥインキーってお菓子の話を覚えてる？　そう、マニラフォルダーに入ってるっていうだけで、あんな感じなの。だからいまは、話をはじめるのにほんとうにいいときだと思うのよ。

——もし協力しなかったら、ぼくをどうするつもりだ？

——どうもするつもりはないわ、ヴィンセント。わたしは爪を割ると吐き気がするの。クモは怖いし……ほんとよ！　あの小さな脚にはぞっとするわ。最悪なのは長い長い脚がついてて、その真ん中にベージュ色の小さな球があるだけのやつ。うっわー！　とにかく、わたしがペンチとバーナーを持ってるところを思い浮かべられる？　できないことを願うわ。でもね、ここを仕切ってるのはわたしじゃないのよ、ヴィンセント。もしわたしが上司のほしがっているものを与えてやらなければ、もうじき別の誰かがあなたに質問をしにくるわ。誓ってあなたは、その別の誰かと話したいとは思わないでしょう。わたしもそんなことになってほしくない。なぜってそれはわたしが失敗したってことだし、ここでは失敗はまずいの。やめてーー。ひどくまずいのよ。だからどうかしら？　わたしに協力したくない？　クッキーをあげるわよ！

――なにが知りたいんだ？

――なにもかもよ！　そうなの、ヴィンセント！　なにもかも知りたいの！　アメリカ人を倒す方法を知りたい。どうすればテーミスが彼らのロボットを無力化できるのか知りたい。異星人たちが戻ってくるのかどうか知りたい！　わたしたちが戦争の準備をするべきなのか、そしてその相手は何者なのかを知りたい。みんな不安なのよ、ヴィンセント。あなたたちが九年ぶりにどこからともなく現れて、それがなにを意味するのかわからない。わたしだってわからない。

――エックトが戻ってくることはないだろう。

――どうしてそう言い切れるの？

――言い切るのは無理だろうな。ぼくがいってるのは、彼らにはぼくたちを傷つけるつもりは少しもないし、ぼくの知るかぎりでは地球に戻ってくることはないだろう、ってことだ。だがきみのいうとおり、断言はできない。向こうの気が変わる可能性はある。もしそうなったら――そしてきみがこんなことを聞きたくないのはわかっているが――それに関してきみたちにできることはまったくない。なにひとつな。

――わたしたちはドクター・フランクリンがラペトゥスに使った種類のバクテリアを、さらにつくってるのよ。

――それはよかった。こうしたらどうかな。それをアメリカに対して使うんだよ。なんのためにぼくが必要なんだ？

――もうあのバクテリアはラペトゥスには効かないのよ。EDCが閉鎖されるまでにひとつだけやり遂げたことは、テーミス用の化学的シールドの開発だったの。もし異星人が戻ってきたりしたら、彼女を守れるようにね。それに触れるとバクテリアは死んでしまう。彼らはそれを持ってるの。わたしたちも持ってる。あなたたちがここに着いた瞬間に、わたしたちはテーミスに吹きつけたわ。これでわかったでしょう！　わたしにはあなたたちが必要なの！　テーミスともう一体のロボットがあれば、わたしたちは――

——わかってないな。彼らがここに十三体のロボットを送って寄こしたのは、それで全部だったからじゃない。地球に散らばった少しばかりの人々を消し去るには、それで充分だと考えたからだ。彼らはああいうロボットを何千体も持っているんだ、キャサリン。何千体だぞ！　それだけじゃない。その気になれば地球上のすべての人が少なくともそのうちの一体を見られるように、ロボットで地球を覆いつくせるだろう。そんなことをする必要はないだろうがな。彼らには宇宙船や兵器がある……もしなにか役に立つことがしたいなら、このアメリカとのばかげた対立やら収容所やらを全部やめる道を探すんだ。要するに……世界を今度のすべてが起こる前の状態に戻すんだよ。

——誰にそんなことができるのか、わたしにはわからないわ。

——なぜ無理なんだ？　きみが壊した。それをきみが修理する。

——わたしが？　わたしが壊したっていうの？　あなたたちが世界じゅうから巨大ロボットのパーツを掘り出し、それから異星人がやってきて、彼らは殺した……彼らは大勢の人たちを殺した……ごめんなさい、ちょっと……泣いちゃだめよ、キャサリン！　わたしがいいたいのは、もし誰かが〝それを壊した〟のだとすれば、それはあなたのほうだってことよ、ヴィンセント。あなた、それにあなたの奥さん、そしてドクター・フランクリンがね。

——……きみは誰を亡くしたんだ？

——わたしが誰を亡くしたか？　それが問題？　多くの人たちが大勢失ってる。わたしは……特別じゃないわ。

——誰を？

——夫。それに……娘を。あの子は八カ月だった。

——残念だよ。

——いいえ、ヴィンセント。残念なのはわたしよ。あなたと、それにアメリカ人たち、あなたたちがなにもかもはじめたの。あなたが残念に思うことはない。そのことを背負って生きていく、それだけよ。

——……

――それに収容所がなに？　そんなものがあることに驚いたっていうの？　わたしたちはみんな彼らと血がつながっていて、なかにはほかの人たちよりそのつながりが濃いものがいる。そういったのはあなたたちでしょう。異星人たちはひと握りの同類のためだけにやってきたんだって。あなたはいまだにそういってる。ドクター・フランクリンはあなたたちが消えたその日に、テレビでそういってた。そう聞けばみんなの気分が少しましになるはずだと思うのはわかる。そのエックトだかなんだかは、本気でわたしたちを皆殺しにしたがってるわけじゃないって。だけどね、そううまくはいかないのよ、ヴィンセント。とにかく無理なの。わたしの赤ちゃんは死んだ。あの子は戻ってこない。そして彼らは相変わらずここにいる。異星人が狙っていた人々、その一部はまだここにいる。わたしたちは一億人も死に、彼らは相変わらずここにいて、何事もなかったみたいに通りを歩いてる。

――きっと彼らは責任を感じてると思うよ。

――ええ、きっとそうね。でも彼らはそんなことをするべきじゃない。まったくなにも感じるべきじゃない。死ぬべきなのよ。彼らが全員死ぬまでは、わたしたちはけっして安全じゃないわ。

――つまり収容所にいる人たちは殺されてるってことか？

――A5だけよ。いまのところは。

――エヴァは……

――そうよ、いったでしょう――

――きみはぼくに、あの子が仕事に就くのは大変だろうっていったんだ。きみは――

――彼女はガラス張りの部屋に閉じこめられてるわ、ヴィンセント。わたしたちにどうしろっていうの？　異星人はあの人たちを狙ってやってきた。彼らがここにいるかぎり、エックトはもう戻ってこないはずだという根拠はない。たったいまあなたは、わたしたちに彼らを止めるのは無理だっていったわ。

――エヴァは彼らの同類じゃない。あの子は……あの子はぼくの娘だ。そしてぼくは人間だ。きみみたいな。

――いいえ、ヴィンセント、あなたはわたしとは違う。そんな目で見ないで。これはわたしの意見じゃなくて、測定可能な事実なんだから。あなたはA4。わたしより異星人に近い。そしてわたしはドクター・フランクリンより異星人に近い。

――だがきみがいってるものたち、ここにやってきたものたちは……違うんだ。彼らは……

――彼らはなんなの、ヴィンセント？……そういうことよ。前はぴんとこなかったけど、いまはわかってきたんでしょう？　彼らはひと握りの同類を目当てにやってきたけど、途中で彼らの血とわたしたちの血が混じってしまったことに気づいた。そうなると、彼らは誰のために戻ってくるかしら？　異星人のDNAをより多く持っているもの？　どのくらい多く？

――ぼくには――

――そうでしょうね。誰にもわからない。彼らがどこでやめるのかは、誰にもわからない。どうなれば彼らがこういうのかは、誰にもわからない。「いいだろう。われわれはもういくよ。皆殺しにするのはやめだ」だからわたしたちは推測しようとしてるの。まずは数字のいちばん大きいほうからはじめて、いちばん小さいほうに向かっていく。いまはA3以上をつかまえてるけど、粛清はA5だけ。いっておくけど、どこの国でもそこでやめてるわけじゃないわよ。

もしわたしがあなただったら、フランスへはいかないでしょうね。

——どうかしてる。そんなことは止めるべきだ。

——だったら止めるのに手を貸して。なにが起こったのか話してちょうだい。

——きみがなにを聞きたいのかわからないな。

——最初から聞かせて。あなたたちはよその惑星に着いた。テーミスのなかで何日も身動きが取れなかった。外には出られない。全員死ぬだろうと思ってた。それからなにがあったの？ 明らかにあなたたちはそこで死ななかった。

——ぼくが火をおこしたんだ。それで警報が鳴った。そして人々がやってきた。

——人々って？

——人々だよ！ 何者だったのかは知らない。相手がなにをいってるのか、ぼくたちにはわからなかった。ぼくたちは弱り、怯え、混乱してた。

——それで？

——知らないよ！　目が覚めたら窓のない小さな部屋にいた。ぼくは何日か、たぶん二週間くらいそこにいた。

——ひとりきりで？

——ああ。

——あなたたちはそれぞれ別の部屋に入れられたわけね。

——いいや、エヴァとローズ、それにユージーンは一緒だった。

——なぜあなただけ？

——ぼくは……

——なに？

——彼らのひとりを殴った、そんなところかな。彼が……そいつがエヴァをつかみ、ぼくは殴りかかった。それで別の部屋に入れられたんだ。

——面白いわ……そうね。たぶんそのときは笑いごとじゃなかったんだろうけど、いまは笑い話でしょう。違うの？　だったらなに？　彼らに痛めつけられたの？

——いいや。彼らはそんなじゃないんだ。

——そんなってどんな？　あなたが誰かの顔を殴ったからって、彼らが殴り返したいと思う必要はない。それはただの——

——人間の本性か？

——あなたがそこでなにをしたかはわかったわ。そうなの、すると彼らはとっても親切だったのね。そしてあなたは一、二週間、暗い部屋のなかでひとりきりで過ごした。

――そうだ。まあ、誰かはきたけど。彼は……

――彼はなに？　花を持ってきてくれたの？　それともお茶？

――彼はぼくに言葉を教えてくれたんだ。

ファイル番号ＥＥ〇〇六――エッサット・エックトで記録された個人ファイル
オップト・エナタストとヴィンセント・クーチャーの対話
場所：不明

――アスト・エイエット・エナタスト。

――ぼくと友人たちは離ればなれにされてる。彼らに会いたい。

――アスト・エイエット・エナタスト。

――ぼくの友人たちはどこに閉じこめられてるんだ？　友人たちは？　ぼくは彼らが無事かどうか知りたいだけだ。きっとぼくがなにをいってるのかさっぱりわからないんだろうな。

――アスト……エイエット……エナタスト。

――うまいぞ。　ぼくには理解できない。　でもそれはもうわかってるよな。

――アスト……エイ……エット……エヌ……アタ……アスト。

――さっきからずっとそういってるな。　それはつまり、　ぼくに翻訳菌を注射する小さなロボットはいないってことか。　冗談だよ。　きみは「ファースケープ」（アメリカのＳＦテレビドラマ）を見てないってことだな。　ＤＲＤ、　小さな黄色いロボットだ。　気にしないでくれ……。　これはどうだ？　「シャカ、　壁は崩れ落ちた（「新スター・トレック」に登場するタマリアン星人が用いる、失敗の隠喩）」

――アスト……エイ……エット……エヌ……アタ……アスト。

――なんてこった。　どうしてテレビではみんな英語をしゃべるのか知ってるか？　言語を学ぶには、　くそ長い時間がかかるからだよ！　失礼。　汚い言葉だったな。　いまのは忘れてくれ。　ぼくが言語理論をやってたのは、　絶対にこういうことをやらなくてすむからなんだ。　フィールドワークなんかくそ食らえさ。　いまの言葉もまずかったな。

――アスト――

——わかった。わかったよ。いまきみは自分の額に触ってる。それは挨拶《あいさつ》かな？　やってみよう。アス・エナタット……

——……

——ぽかんとしてるな。違ったか。それはきみの名前か？　ぼくの名前はヴィンセントだ。ヴィンセント……ヴィンセント。これはぼくの頭だ。

——エップス・エイエット・インセント！

——笑ってるな。エップス・エイエット・ヴィンセント！

——アスト。

——なんだって？　ちょっと待ってくれ。いまぼくは、きみはヴィンセントだ、っていったんじゃないか？　アスト・エイエット・ヴィンセント。エップス・エイエット・エナ……

——エナタスト！

――いいぞ！　ぼくは自分の名前をいえるんだ！　天才じゃないか。書き留めるものがほしいな。今度はそっちの番だ。きみはエナタスト。ぼくはヴィンセントだ。

おい、そんな目で見ないでくれよ。ぼくはいま出来の悪い生徒みたいな気分なんだ。一時間後にはきみは、猫に芸を教えようとしてるみたいな気分になるだろう。ぼくはきみの言葉を覚え、きみはぼくの言葉を覚える。これで手を打とう。きみ……は……エナタスト……

――きみ《ユート》……や《アイ》……インセント。

――惜しい！　さあ、ぼくの友人たちはどこなんだ？　友だちは。ほら。身振りで彼らを表現するぞ。エヴァ、小さな人間。ユージーン。大男。ローズ。ローズは表現できないな。ぼくの友人たちだよ！

――オップテップト・アクト。

――そうだ、オップテップト・アクト！　ぼくの友人たちはどこだ！

――エイエット・オンヨスク。

——ぼくにエイエット・オンヨスクするな。ぼくがなにをいってるかわかるだろう。オップテップト・アクト！　それがどういう意味なのかさっぱりわからないけど、ぼくは友人たちの物まねをして、きみはオップテップト・アクトといった。アスト……ほら、ぼくの身になってくれよ、オップテップト・アクト！

ファイル番号EE〇一一——エッサット・エックトで記録された個人ファイル
ユージーン・ゴヴェンダー准将とローズ・フランクリン博士の対話
場所：不明

——しゃんとしろ、ローズ！　われわれはくそいまいましい囚人なんだぞ！

——彼らは用心しているだけですよ、准将。

——用心だと！　きみはこれをそう呼ぶのか？　ドアには外から鍵がかかっている。ドアの外には武装した……十代の若者が立っている。ここは牢屋だ。

——なにを期待なさっていたんですか？　彼らはわたしたちのことを知らないんですよ。こちらがなにを考えているのか知らないんです。

——当然向こうは知ってるさ。われわれが考えているのは、このくそみたいな場所から抜け出して故郷に帰ることだ。そして連中はまさしくそれを、必死になって邪魔しているように思えるな。

——彼らが多少なりともこちらに悪意を持っているとは思いません。

——思わない……なにをいうんだ！　連中はわれわれを一億人殺したんだぞ。わたしにいわせれば、かなり明白な悪意だと思うがね。

——彼らがそれを目的にやってきたのでないことはたしかです。それにわたしたち四人のこともそうです。テーミスの内部でわたしたちを見つけたときに、その場で殺すことができたんですから。

——それはいいことか？　連中がわれわれを拷問し、解剖し、仲間を切り刻むところを見せたがっていないと誰にわかる？　こうやって話をしているあいだにも、やつらはクーチャーをそういう目に遭わせているかもしれんぞ。

——シーーッ！

――ちびは眠ってるさ、ローズ。われわれの話は聞こえんよ。

――もし眠っていなかったら？　あの子は十歳なんですよ！　もう充分怖い思いをしているんです。よけいなことを吹きこまないでください。ヴィンセントは戻ってきます。彼は隣の部屋にいるのかもしれません。あの警備員がエヴァをつかんだとき、ヴィンセントがなにをしたか見たでしょう。

――まったくばかなやつだ。われわれ全員を殺させるつもりかと思ったぞ。

――わたしがいいたかったのはそこです。彼らはわたしたちを殺さなかった。実際、ここに着いて以来唯一の暴力沙汰はこちらが起こしたもので、彼らが起こしたものではなかった。

――ローズ・フランクリン、もしきみのことをよく知らなければ、連中の味方をしているのかと思うところだぞ。

――敵味方はありません。ここには善玉も悪玉もいないんです。誰もが正しいことをやろうとしているだけです。わたしは彼らの気持ちを理解しようとしているんですよ。

——正しいことだと？　気でも違ってしまったのか？　連中は人殺しなんだぞ、ローズ。あいつらは人々を殺すんだ。百万人単位でな。

——それはわたしたち人間も同じです。

——そしてもしわれわれが地球で連中を四人とらえているなら、彼らが震え上がるのは至極当然だろうな。おそらくわれわれはその四人を解剖するだろう。自分たちのほうがあいつらよりましだといってるわけじゃない。連中はきみがそう思わせようとしているような、正しく進化した存在ではないといってるんだ。彼らは捕食者なんだ。

——あなたが彼らを恐れているのは……そう、異星人だからです。十字軍の時代にヨーロッパ人が持っていた北アフリカの地図には、巨人が住んでいる地域や頭がふたつある人たちが見つかる地域に印がついていました。人は自分が知らないものを恐れます。

——ああ、そうとも。人は自分が知らないものを虐殺し、鎖でつなぎ、奴隷にする。きみがいっていることはわかる。ほんとうだ、ローズ。きみよりもよくわかっている。わたしが恐れているのはまさしくそこなんだ。外にいるあの連中、彼らは異星人ではない。ここは彼らの星だ。われわれのほうが異星人なんだ、ローズ。われわれは頭がふたつある怪物なんだよ。

——ここ数日の出来事がわたしの推測とは異なる意味を持つかもしれないのはわかりますが——

——自分のいってることがわかっているのか？　いまのその口ぶりはわれらが友人のようだぞ。

——誤解のないように話そうとしているだけです。ですがわたしは心から信じています。彼らが地球にやってきたときに考えていたのは、一億人も虐殺することではなかったと。軍事用語だと、ピンポイント攻撃でしたか？　そうなるはずだったのだと思います。考えようによっては、彼らが地球にやってきたのはわたしたちを助けるためだったと思うんです。

——わたしはほんの一瞬たりともそんな考えは受け入れられんが、仮にそのとおりだとしよう。それでなにか変わるか？　いいや、変わらん。なにひとつな。大量虐殺についていえば、重要なのは意図ではない。クリスマスに悪趣味なセーターを贈って寄こすのとはわけが違う。やつらは乱暴に一億人を殺した。きみは好奇心が強い。それはわかる。だが真実を見失ってはいかん。われわれに連中が人殺しだとわかるのは、一億人を殺したからだ。向こうが望んでそうしたのか、あるいはなぜそうしたのかは、わたしの知ったことではない。きみはやつらを研究したい。いいとも！　一緒にひとり連れて帰るとしよう。われわれはそれを檻に閉じこめて、もしきみが望むなら毎日お茶会を開けばいい。だが最優先の仕事は、なんとしてもここから出て地球に帰ることだ。

——どうやって？　真面目な話、どうやってそんなことをやろうというんですか、准将？

ええ、たしかにわたしは好奇心をそそられています。ひょっとするとその好奇心が判断を少しゆがめているのかもしれません。それは喜んで認めましょう。わたしは彼らについてもっと知りたい。いまはいい考えではないと思われるかもしれませんが、わたしたちにそれ以外の選択肢があるとは思えません。わたしたちはどうやってここにきたのか知りません。テーミスに自力で地球に戻る能力があるのか知らないし、もしできるとしてもどうやればいいのかわからないでしょう。それにいま彼女は機能停止していて、どうすれば元に戻せるのかわたしたちにはわかりません。もし間違っているなら訂正してください。わたしにはこんなふうに思えるんです。あなたがおっしゃるように地球に戻りたいと思うなら、あの人たちに帰してもらわなくてはならないだろう、と。もしこちらが彼らを敵として扱わなければ、そういうことになる確率は飛躍的に高くなると思います。わたしたちは彼らの機嫌を取らなくてはなりません。心からそうしているかは必ずしも重要ではありませんが、やってみても害はないはずです。

——それでどんなふうに取り組むんだ？

——彼らを呼ぶのに乱暴な言葉を使うのをやめることからはじめてはどうでしょう。

——連中がわれわれの話に聞き耳を立てていると思うんだな？　たとえそうだとしても、これは「スター・トレック」じゃないんだ。向こうにはわれわれのいってることはなにも理解できんさ。

——ちょっと確認のために、彼らに尋ねてみたいと思われますか？

——どうやらわたしは、鬱病《うつびょう》の一歩手前だった頃のきみのほうが好きらしい。

ファイル番号EE〇一三――エッサット・エックトで記録された個人ファイル
オップト・エナタストとヴィンセント・クーチャーの対話
場所：不明

――インセント！　ユット・イエイヌ・エノーイ。

――……

――ユット。

――きみ《ユー》。それはわかった。

――イエイヌ。

――イエイヌ？　そいつはさっぱり――学ぶか《ラーン》！　きみはもっと学べ！　いやなこった！

ぼくはもっと学ばないぞ！　そっちがlとかmとか、子音を少し覚えてくれないと。こんなのはばかげてる。友人たちに会うまでは、もうこんなことはしない。ぼくはここに……きみたちはもう何日も、窓のないこのふざけた部屋にぼくを閉じこめてる。ぼくは腹ぺこだ。きみがいつも持ってくるあの白いやつにはうんざりだ。あれはタピオカか？　それにぼくは臭う。ずっと流しで小便をしてるせいだろう。ぼくは友人たちに会いたいんだよ！

――ヨック・ヨッスク。

――なんだって？

――ヨック・ヨッスク。

――いま？　ヨックはいま、だな。いま彼らに会えるのか？

――ヨッスク。エナウ……エピウス・ワン。

――いま足す一《ナウ・プラス・ワン》って？　一時間か？　一日か？　明日ってことなのか？

――ハウ・エトゥット・ユット・エッセイ・エトゥン……オヨ？

――なに？　ハウ……ユー・セイ？　きみは明日をなんというか《ハウ・ドウ・ユー・セイ・トゥモロー》！　そうじゃない。「きみ《ハウ・》はなんというか《ドウ・ユー・セイ》」だと、きみの言葉ではということになる。「Xとはどういう意味か《ホワット・ダズ・X・ミーン》」だと、ぼくの言葉ではということだ。

――ホワット・エトス・X・エニーン・エトゥンオヨ？

――Xはいわなくていい。Xのところに言葉を入れるんだよ。明日とはどういう意味か？　それは……それはとてもいい質問だ。ぼくたちがテーミスのなかにいたあいだずっと、太陽は昇ってた。たぶんきみたちは惑星の自転を気にしないんだろうな……眠る。きみたちは眠る、をなんていうんだ？　こういうのだよ。両手を頬の下にやって見せても役に立つかわからないけど。目は閉じてる。向こうで。ベッドで。ぼくはベッドで眠る。

――イクスヨックト。

――イクスヨックト？　これが……目を閉じた状態が、イクスヨックト？

――アット。

――ぼくは、いま、足す一イクスヨックトで友人たちに会える？

――アット。

――はい？　はい、ぼくは彼らに会える？

――アット。

――よーーっし。ありがとう！

――イクスヨックトは目。

――なに？　違うよ。これがぼくの目だ。目を閉じた、この状態が眠り。イクスヨックトの意味は眠り。いま、足す一眠りが明日だ。

――ヨック・ヨッスクはエトゥンオヨ。

——そのとおり！　書き留めさせてくれ。ヨックスク。これは〝あと〟みたいな意味か、もしかしたら〝次〟かもしれないな。この調子でいけばきみとぼくは、じきにどこへいってもよちよち歩きの子どもと話ができるようになるだろう。

——エイヨッツ・エッサット・ヨック・ヨックスク。

——いまなんていったんだ？　いきなりひどく真面目な口調になったな。明日なにがあるんだ？

——ユット・エコット・エトゥット・エッテヤット・エトゥンオヨ。

——ぼくは……明日テラへ。ぼくは明日テラへいく？

——アット。

——ぼくたちは故郷に帰れるのか？

――アット・アット。

――よし！　ありがとう！　きみたちはハグをするのかな？

ファイル番号二一一六（承前）

GRU、キャサリン・レベデフ少佐とヴィンセント・クーチャーの対話

場所：ロシア、サンクトペテルブルク、GRUビル

——そのオップトとかいうのは何者だったの？　語学教師かなにか？

——エナタスト。彼は……彼はある種の学者だな。どうしてもlの発音ができないが、法律《law》は得意だ。彼は評議会、政府から派遣されてきたんだ。

——あなたに言葉を教えるために。

——そうじゃない。いや、それもあるか。たぶん評議会がぼくたちにどう対処すべきか考える手助けをしてたんだろう。彼らには見当もつかなかったんだ。

——あなたたちを殺すべきかどうか、みたいなこと？

——そうじゃない！　彼らはぼくたちのことをどう考えればいいのかわからなかったんだ。地球にきたときに血のつながりがあることはわかったが、それでもぼくたちは……ぼくたちは全然違う。向こうには完全な異星人の扱い方を定めた法と、部分的にエックトの血を引いた人々の扱い方を定めた法があるんだが、それはあそこで生まれた人々を想定したものだった。ほんの少しエックトの血が混じった毛深い人々でいっぱいの惑星に対処する備えは、できていなかったのさ。

——毛深い人々？

——そうだ——ほら、エッキムを見ただろう——彼らには体毛がない。

——わたしたちにはそんなにたくさん……

——どうやら充分らしい。腕を見たいからって、通りで呼び止められたよ。子どもたちは眉毛《まゆげ》に触りたがった。ぼくたちは彼らにとっては「スター・ウォーズ」のウーキーみたいなものだったのさ。

――でたらめをいってるんでしょう。

――ほんとうさ。チューバッカがニューヨークに降り立ったみたいなものだったんだ。

――どうもわからないわ。

――なにが？　チューバッカか？

――その人たち、エックトはここにやってきて、わたしたちを一億人殺す。それからあなたたちを向こうへ連れていって、それだけ……？　あなたに彼らの言葉を覚えさせる。食事を与え、着るものを与える。何年間も。そんなのはわたしには理解できないわ。あなたたちはそのあいだずっと、とらわれの身だったの？

――そうじゃない！　話は複雑なんだ。彼らは……ぼくたちは彼らにとって、ある種法律上の、もっといえば哲学的な難問だった。彼らはたびたび議論をした。彼らの政府のやり方は……ゆっくりなんだ。

――するとあなたは九年間、そのオップトとかいう人と一緒に部屋のなかで過ごしてたわけじゃないのね。

――ああ、でも彼とはたくさん話したよ。彼はいいやつで、長いあいだぼくがあの星でまともに話ができる唯一の相手だったんだ。

――あなたは彼らの言葉を覚えたんじゃなかったの？

――ほんとうの会話ができるようになるには、しばらくかかるものだ。エナタストはぼくに歩み寄ることができた。ほかの誰と一緒にいても、キューバにいる旅行者みたいな気分だったよ。ドンデ・エスタス・ラ・プラヤ？（スペイン語で〝ビーチはどこですか？〟の意）

――ビーチはあったの？

――海はあるけど、一度も見ることはなかったな。あそこは砂だらけで……

――そこはどんな様子だったの、彼らの星は？

――そうだな、あの星は、ほんとうに場所によって違うんだ。海があって、大陸がふたつある。それぞれが……地域に分かれていて……オッスク、ぼくたちが最初に滞在した地域は、ほんとうに……清潔だった。きみはシンガポールにいったことがあるか？

——いいえ、どうして？

——なんでもない。実に手入れが行き届いてたってだけのことだ。美しくて、古い建物がたくさんある。彼らの……惑星政府——そう呼んでかまわないだろう——が会議を開く場所だ。皇帝の居城もある。素敵なところだ。

——超高層ビルは？

——いいや、どの建物も低かった。せいぜい二、三階建てまでだったな。ぼくたちは政府の拠点にいたから、オッスクの名所をすべて見たわけじゃないが。次にぼくらはエティアックトに移された。別の地域だ。古いものと新しいものが奇妙に入り交じってる。いろんなところからきた人たちがたくさんいて——

——いろんな星、ということ？

――ああ、そうだな。星、別の地域。ぼくの知るかぎりでは、彼らはみんなエッサット・エックトの生まれだったが、なかには先祖がよその惑星からきたものたちもいた。たくさんの異なる習慣、ありとあらゆる奇妙な食べ物。オックスクほどきれいじゃなかったが、もっと……活気がある。

――どうしてあなたたちは移らなくてはならなかったの。

――さっきいったように、ぼくたちがいたのは政府の建物だった。エヴァ、ローズ、それにユージーン――つまりゴヴェンダー准将のことだ――は一緒に寝てたんだ。エティアックトにはもっとたくさん部屋があった。ぼくたちはそれぞれ、家を一軒持ってたんだ。まあ、エヴァは別だけど。

――彼らはそれをあなたたちにくれたの？　本物の家を？

――あれがほんとうにぼくたちのものだったとは思わないな。一度も尋ねたことはなかったけど。売りに出したりはできなかったと思うよ。

――続けて。

——これでおしまいだ。ぼくたちは新しい場所に移った。

——そして九年間テレビを見てた。おしまい。

——それが……テレビはないんだ。目で見られる情報はあるが、彼らは芝居はしない……フィクションはなし、情報だけだ。

——どうして？

——さあね。とにかくそうなんだ。彼らは本を、小説を書くけど、視覚的なものはない。誰かにほかの誰かのふりをさせるのはちょっと……彼らはそういうことはしない。とにかくぼくたちにはテレビは必要なかった。発見されるのを待っている世界が、丸々ひとつあったんだ。その家を理解するのに何週間もかかったよ。キッチンの使い方やなにかを——

——ふーん。

——何なんだ？　きみにはありきたりすぎたか？

——そうねえ、わたしが考えてるのは未知の世界で、マーサ・スチュワートじゃないから。

——なにを期待してたんだ？　宇宙戦か？　ぼくたちは食べ、眠り、皿を洗った。退屈に聞こえるのはわかるが……これをどう説明すればいい？　ここと似たような場所だが、細かいところが全部ばかみたいな気分になるくらい違う世界にいるところを想像してみるんだ。なじみはあるが、ドアの取っ手もトイレも使い方がわからない。自分が手に持っているのがフォークなのか、それともねじ回しの一種なのかわからない。あの弁当箱に入った塩みたいなものは、トイレ掃除に使うものなのか？　ぼくたちは……途方に暮れたんだ。

ファイル番号ＥＥ〇二六――エッサット・エックトで記録された個人ファイル
ローズ・フランクリンとヴィンセント・クーチャーの対話
場所：エティアックト地域、割り当てられた住まい

――さっさと済ませられないかな、ローズ？　エヴァが散歩にいきたがってるし、あの子をひとりで外へいかせたくないんだよ。

――長くはかからないわ。もしもうじき発《た》つことになるなら、わたしたちがここで過ごす時間を少し記録しておきたいだけなの。かまわない？

――ああ、いいよ。さあ！　さあ！　話をしよう。

――それでは……わたしたちがいる場所について、なにか話せることは？

――エナタストの話では、ここはエティアックト地域の住宅地らしい。こういう家がなんの

ためのものかはわからないけど、ぼくたちは出発するまでここにとどまってかまわないそうだ。きれいなところだ。いたるところに木が生えてて。奇妙な異星の木だけど。

——あれはそんなに奇妙じゃないわ。実をいうとわたしは、ありとあらゆることがいかに奇妙じゃないかに驚いているの。つまりね、たしかにどれも違うんだけど、同時に……

——違わない？

——たとえば家があって、通りがあって、地区がある。彼らは政府を持っている。それには理解できるところもあるわ。彼らは地球の文明発祥の地付近で二千年を過ごした。わたしたちが彼らから思っていた以上に多くの影響を受けている可能性はある——わたしがこんなことをいったのは、彼らには黙っていてね。だけどほんとうに予想外だったことがあるの。ここの植生がどんなに地球に近いか見てちょうだい。

——ローズ、それならもう見てるよ。きみは樹皮がいろんな色をした木を見たことがあるのかい？

——あるわ。レインボーユーカリ。たしかそんな名前だったと思う。その樹皮はちょうどあんな感じだった。わたしにいわせれば、通りのほうがずっと変わってるわ。あの黒い砂、火山由来みたいな。すべての通りがあんなふうなのかしら。

――きみは自由に歩きまわれるんだぞ。ここをもっと見たがってたじゃないか。いまがチャンスだ。

――そんなことをして安全かどうかわかる?

――彼らが交戦地帯の真ん中にぼくたちを住まわせるとは思えないよ、ローズ。玄関には警備員ひとりいない。

――さっきひとり通りかかったわ。制服は違うみたいだったけど、武装してた。

――別の政府なんだ。彼らがそれを地域と呼んでることはわかってる――いや、ぼくはそれを地域と呼び、彼らはエティエックスと呼ぶ。なにかの一部っていう意味だけど、ぼくの知るところでは、実際にはもっと国に近いものだ。異なる決まり、異なる……なにもかもだ。前はぼくたちはオッスク地域にいて、ここはそのすぐ南にあたる。南っていうのは、つまりぼくがエナタストに見せてもらった地図の下のほうという意味だ。ほんとうに南という方角があるかどうかはわからない。

――ヴィンセント、エナ……

――彼の名前はエナタストだ。

――エナタストはあなたに、わたしたちがここにいる理由を教えてくれたの？

――彼はここのほうが快適だろうといってた。

――わたしたちはいつ出発することになるって？

――彼は知らないそうだ。

――あなたは彼を信じるの？　わたしたちはすぐに発つことになっていたのに、もう何日もたってるわ。

――エナタストがいつになるか知らない、というのを信じるかって？　信じるよ。きっとなにが障害になっているのかは知ってるんだろうけど、いおうとしないんだ。

——わたしたちはしばらくここにいることになる気がするわ。

——どうしてそんなことをいうのさ？

——彼らはわたしたちに住む場所を与えているのよ、ヴィンセント。もう幾晩かを過ごさせるためには手間をかけすぎに思える。前に収容されていた場所でもよかったはずでしょう。

——それはどうかな。ぼくたちはすぐ出発することになる、とエナタストはいってる。ぼくが彼のいうことの半分も理解できないせいもあって、話してくれていないことがたくさんあるのははっきりしてるけど、ぼくたちに嘘をつく理由があるとは思えない。彼の英語は上達してるけどね。いまはdやrをある程度発音できる。うなるみたいに。なんにでも頭に母音をつけるのは相変わらずだけど、もうかろうじて聞き取ることはできるんだ。

——ひとつのことでは彼は正しい。ここは前のところより快適だわ。

——ここが気に入ったんだね？

――ずっと居心地がいいといっただけよ。

――家のことをいったんじゃないよ。きみはここが、この星にいることが気に入ってるといったんだ。

――ちょっとばかり気味が悪いけど、そうね、わたしは気に入ってる。新しい世界にいるのに、あなたはまったく興奮しないの？

――窓はひとつもないけど、ハバナによく似てるよ。

――キューバにはいったことがないの。

――ごめん、当時きみたちには許されてなかったのを忘れてたよ。ぼくは休暇で何度かいったんだ。アルコールを含め、五百ドル出せばなんでも手に入った。とにかく、そんなふうに見えた。スペイン様式の建物、手の込んだ細かい装飾、鮮やかな色彩。ただしハバナは崩壊しかけてた。通りから見ればすばらしいけど、屋根の上からだとベイルートみたいだ。そこらじゅうに穴が開いてる。ここは申し分のない状態だ。

——それに誰もいない。

——ご近所さんのことで文句をいうのは無理だな。

——わたしたちが住んでるブロックだけじゃないわ、ヴィンセント。ユージーンとわたしは外に出たの。どこにも誰もいなかった。

——たぶんあっちのほうへ二十分くらい歩いたところに市場がある。エナタストがいうには、その向こう側には人が住んでるらしい。

——そうなの、だけど延々と何キロも空き家が続いているのは妙だと思わない？　それに……車も、なんの乗り物も走っていないのも。

——前にいたところでもそうだったよ。あそこを発つときに気づいたんだ。もしかしたら彼らは……歩いていけないところはどこへでも、自分を転送するのかもしれない。ああ、もちろん奇妙だよ、ローズ。なにもかもが。トイレを使ってみたかい？

——ええ。

——足は床についた？

——いいえ、宙に浮いてたわ。でも設計意図は理解できる。彼らは脚を逆に曲げないといけないし、あの余分な関節があるから足が宙に浮くことはない。

——きみの……

——ヴィンセント、トイレの話なんかしなくても……

——ああ、でも……

——わかった。わかったわ。今度彼に会ったら、どの家も空き家なのはどういうわけか訊いてもらえる？

——いいとも。だけどローズ、真面目な話、もしぼくたちが故郷に帰ることになっているなら、きみはなにを気にしてるんだい？

——興味があるの。

——それで？　さあ、なにか心にひっかかってることがあるんだろう。

——わたしは……

——なんだい？　いってごらんよ。

——わたしたちが故郷に帰ることはないと思うの。

——おいおい、ぼくらは帰るんだよ、ローズ。きみが残りたくても関係ない。ぼくたちは帰るんだ。

——わたしは帰りたくないとはいってない。彼らがわたしたちを送り帰してくれるとは思えない、といってるだけよ。

——だけど、もしそうしてもらえるなら、帰るのはしばらく滞在してからにしたいと思ってるんだろう？

――それがそんなに悪いこと？　わたしたちはよその惑星にいるのよ、ヴィンセント。よその惑星に！

――そうだな、申し訳ないけど、ぼくはきみの願いが叶わないことを心から願うよ。

――そうでしょうね。でも、わたしたちがしばらくここに滞在することになると、ちょっと想像してみて。それを最大限活用したいとは思わない？

――ローズ、悪く取らないでほしいんだけど、誤解がないようにはっきりいっておきたいんだ。ぼくは自分が、ユージーンが……きみがどうなろうとかまわない。ぼくたちが生きようと死のうとどうでもいい。こんな言い方をして申し訳ないけど……ぼくは自分の娘を故郷に帰すんだ。

――あなたが彼女を守ってやりたいと思うのはわかるわ。

――ただ守るだけじゃなくて、地球に送り帰すんだ。

――あの子はここで幸せになれるかもしれないわよ。

――それはきみのことだろう。

――驚いたわね、ヴィンセント。あなたのなかの科学者はもっと興奮するだろうと思ってたのに。わたしたちはよその世界に降り立った初めての人類なのよ。これは……一生に一度、なんて言葉ではとても表しきれないわ。ほんとうに希有《けう》な機会よ。ここの人たちからほんとうに多くを学べるし、彼らの社会の仕組みを理解するために時間を使える。

――もし誰にも伝えられなければ、そんなことになんの意味があるんだ？

――本気でいってるの、ヴィンセント？　まったくあなたらしくないわね。

――たぶん年を取ったんだろうな。

――ヴィンセント、わたしたちは同い年よ。

――そうだよな。ぼくはいつも、きみのほうが年上だと思ってる……なぜって、そうだな、以前はきみのほうが年上だったし。でも、きみのいうとおりだ。ぼくはこの状態に夢中になっているべきなんだ。でもそうじゃない。

――あなたはやってみるべき――

――ぼくは一度もあの子に服を買ってやったことがないんだ。

――なんの話？

――エヴァだよ。ぼくは一度もあの子に服を買ってやったことがない。おもちゃひとつ、チューインガムひとつ買ってやったことがない。日曜日にパンケーキを食べに連れていったことも、宿題を手伝ってやったことも、一度もない。

――それは全部あなたがやっていないことでしょう。ほんとうに彼女に関わることだといえる？

――たぶんきみのいうとおりかもしれない。もしかしたらぼくの身勝手なのかも。ぼくはあの子を……あの子にふつうの暮らしらしきものを与えてやりたいんだ。それをあの子への贈り物にしたい。エヴァはそれに値すると思う。それにきみはここにとどまることを、たんなるもうひとつの選択肢みたいにいってる。フランスかどこかへ引っ越すみたいに。でもそうじゃない。あの子は異星人の女友だちと一緒にプロムに出かけることはないだろう。ここは安全じゃないんだ、ローズ。ぼくたちにとって安全じゃないし、あの子にとっても安全じゃない。きみは活火山の噴火口をじっと見下ろしてる火山学者みたいだ。実にクールだけど、ぼくはきみの科学的好奇心を満足させるためだけに、自分の娘をその火口の縁で育てるつもりはないよ。

ファイル番号EE〇二七――エッサット・エックトで記録された個人ファイル
私的記録――ローズ・フランクリン博士
場所：エティアック地域、割り当てられた住まい

たぶんわたしはネズミをペットにしようとしただけなのだろう。滞在している家の外の小道で、わたしは砂をいじっていた。火山岩がすり減ったものだと――その可能性はあるだろう――思ったが、大量の金属が含まれていて異常に重く、息を吹きかけてもぴくりともしなかった。その……わたしの手くらいの大きさの生き物は、どこからともなく現れた。赤いふわふわした毛玉。大きなハムスターのようだが、赤い。ほんとうに赤いのだ。子どもの頃、わたしのお気に入りのクレヨンはトーチレッドという色だった。あの赤。その小さな生き物にはしっぽがなくて、目はかろうじてそれとわかる程度だった。小道を勢いよく横切っていくただの赤い玉だ。それはわたしを見ると、途中でぴたりと止まった。わたしはゆっくりと手を差し出し、呼びかけようとした。そのとき……警備の人間が現れた。彼女はわたしに、あるいはその動物に向かって――どちらだったのかはけっしてわからないだろう――金切り声を上げた。そしてなにかいいながら、わたしの小さな友だちをしっしっと追い払った。しっしっという部分はわ

たしにもわかった。赤い玉はたしかにそのメッセージを受け取った。自分が危険な状況にあったとは思わないが、その警備員の目つきは、もしわたしが人にけしかけられてミミズを食べるか車の床に落ちていたガムを口に入れるかしたら、母が見せそうなものだった。あの赤い玉は、この世界でいちばん愛されている生き物というわけではないのだろう。

ここは多くの面で地球によく似ている。重力はほぼ同じ。ただしわたしたちが持っているものでは測定する方法がない。大気は当然ながらわたしたちのものとよく似ているが、少し濃く感じられる。気圧が少し高いのかもしれない。それとも空気が乾燥しているだけか。臭いも違う。ここの空気は……甘い。砂糖のようだ。

ヴィンセントの話では、病気の心配はないとエナタストがいっていたそうだ。どうしてなのだろう。口唇《こうしん》ヘルペスのようなもののせいで彼らの種が丸ごと滅びることになってほしくない。おそらく宇宙旅行をするような人々は、その危険性についてわたしよりよく知っているだろう。ここに着いた当初に起こっていたことの多くをわたしたちは理解していなかったが、そのなかには当然、口唇ヘルペス禍《か》を防ぐ目的で行われたこともあったはずだ。うまくいけばわたしたちも、異星の歯周病《ししゅうびょう》のせいで死ぬことはないだろう。

心配すべきもっと重要なこと、死みたいな問題があるのはわかっているが、あの小さな赤い玉のことがどうしても頭から離れない。あれは現実的な理由――おそらく作物を食べるとか、病気を媒介するとか――から害獣とみなされていたのか、それともただの文化的な問題だったのだろうか。ことによると赤い玉はとんでもなく凶暴で、わたしの指をもぎ取っていたところだったのかもしれないが、人なつっこそうに見えた。実に愚かだし正気の沙汰ではない——それにそんなことをするつもりはない、絶対にない——が、心のどこかでわたしは、あれを飼いならして家に連れて入りたいと本気で思ってもいる。それはこのあたりの四歳児がやって叱《しか》られるたぐいのことのような気がする。

わたしたちは四歳児のようなものなのかもしれない。わたしたちはここでは子どもなのだ。信じられないほど無知で無邪気な。わたしたちはもっとも単純で取るに足りないことに畏怖《いふ》の念を抱き、処理しきれない速さで流れていく未知の情報の濁流ではしゃいで泳いでいる。少なくともわたしは。なにもかもが科学だ。なにもかもが発見だ。わたしが幸せなのはいうまでもない。

ヴィンセントとユージーンもこの幸せを感じてくれればいいのだが。彼らが話すことといえば、故郷に帰ることばかりだ。気持ちはわかる。それともわかりたいのか。ユージーンはあらゆるもの、あらゆる人に疑念を抱いている。エナタストの口から出たことは一言たりとも信じない。それがいつか変わることはないだろう。ヴィンセントはとにかく娘を守りたがっている。そこのところはほんとうによくわかる。わたしはただ……わたしは、彼らがなんであれここで過ごす時間を最大限に活用してくれればいいのに、と思う。わたしたちはみんな同じものを見ているが、それに対して彼らもわたしのような見方ができればいいのに、と思う。なんだか同じ部屋にいるほかの誰も気に留めていない映画を楽しんでいるような気分だ。それは身勝手な感覚だ。わたしはほんとうに、驚きを分かちあう相手がほしいだけなのだ。

自分たちがどれだけここにいるかはわからないが、わたしはそれが終わることを望んでいない。わたしはあらゆることに興味津々で、じっと座っていられない。好奇心旺盛《おうせい》なのはわたしだけではない。わたしたちは四人とも、ここではひどく目立つ。ヴィンセントとわたしは特にそうだ。わたしたちはふたりとも異様なほどピンク色の肌をしている。それにこれまで見かけたなかで髪を長くのばしているのも、わたしたちだけだ。明らかに〝偶然〟わたしたちに出くわすことを期待して近所にやってくる人たちが、日に日に増えている。わたしはできるかぎり彼らに協力している。人々が浮かべる表情が好きなのだ。

そろそろ用意をしなくては。今日わたしたちは市場に出かけることになっている。

ファイル番号二一一六（承前）
GRU、キャサリン・レベデフ少佐とヴィンセント・クーチャーの対話
場所：ロシア、サンクトペテルブルク、GRUビル

――なあ、キャサリン。天気がどんなふうだったか、朝食になにを食べたか話すことはできるが、きみが気になってるのはそんなことじゃないだろう。ほんとうのところ、なにを知りたいんだ？

――みんなが知りたがっているのと同じことよ、ヴィンセント。わたしは彼らが戻ってくるかどうかを知りたいの！

――こないさ！　もう話しただろう。何回いわせたいんだ？　エックトがここに戻ってくることはない。ぼくはほんとうに、偽りなく――神に懸けて誓う――そんなことはないと思ってる。全地球規模の大失敗は、彼らにとって重大事だ。彼らは延々とそれについて話し合うだろうが、どんなことであれ合意に達することはあり得ない。すべては干渉の問題なんだ。なにも

かもが。異星人の子孫を始末するために地球にやってくることは間違いなく干渉だが、彼らはその影響を受けるのはひと握りで、人類全体が自分たちの遺伝子に〝感染〟するよりはましだと考えることで合意した。すでにそういう事態になっていることに気づくはめになったのは、最悪だった。それがわかるまでに一億人も殺したのもまずかったが、それは人々が死んだからではなく、むしろさらに干渉してしまったからだ。シャツについた油染みを拭《ふ》き取ろうとしたら手が汚れていて、そこらじゅうに汚れを広げてしまっただけだったと気づいたようなものだ。それを元どおりにすることはできない。彼らはなにもしないだろう。

――それを信じられたらと思うわ。

――そうだな、あとはもうきみ次第なんじゃないか？　だが、答えはどうでもいいなら質問するのはやめてくれ。

――ちょっと信じにくいだけよ、ヴィンセント。彼らが地球にやってきたのはひと握りの人たちを見つけるためだった、といったわね。わたしたちみんながバタバタ死にはじめたら去っていったけど、彼らはまだその人たちを見つけていない。その人たちは相変わらずここにいる。異星人たちが、戻ってきて仕事を片づけたいと思うことはないの？

——ぼくがいってるのは、向こうはぼくたちと戦争をしたがってるわけじゃないってことだ。彼らはほんとうにたくさんの単語を並べてそういってたよ。エックトの言葉だったから、英語ならもっと少なくてすんだかもしれないが。

——彼らが？

——ぼくらにそういったかって？　そうさ！　その場にはゴヴェンダー准将がいた。彼は向こうの政府と和解したんだ。

——公式に？

——それはいったいどういう意味だ？　そうとも。公式にだ。准将は公式に彼らに会った。なにもかもが……実に形式張ってたよ。

ファイル番号EE〇二八——エッサット・エックトで記録された個人ファイル
ユージーン・ゴヴェンダーとオップト・エナタストの対話
場所：エティアックト地域、割り当てられた住まい

通訳、ヴィンセント・クーチャー
——座ってくれ、クーチャー。きみに立っていられると落ち着かない。彼はわたしになんの用なんだ？
〔彼はこういったんです。「わたしをきみたちの指導者のところへ連れていけ」まあ、これは半分冗談で、そんな意味のことをいったんですよ。彼はボスと話したがってる。ぼくが准将とはどういうものかを説明したら、あなたと話したいといったんです〕
——彼の名前はなんといったかな？
〔オップト・エナタスト〕

――オップトと呼べばいいのか？　ミスター・オップトか？

〈いいえ。省略せずに全部か、ただエナタストと。あるいはいっさい呼びかけないか〉

――呼びかけないわけにはいかん。

〈誰かと話をするとき、どのくらい相手の名前を使いますか？　でも、なんでもいいから必要だというなら、エナタストと呼べばいいでしょう。ぼくはそうしてます。不作法だとは思いませんが、たとえそうだとしても、トイレの使い方を教えなくてはならなかった相手のすることです。きっと礼儀作法については大目に見てくれるでしょう〉

――それにきみがやりとりをすべて通訳してくれる。

〈簡単な言葉を使うように気をつけていれば、彼にはあなたのいっていることが通じるかもしれません。もし通じないようなら最善を尽くしますが、それでも簡単な言葉を使うようにしていただく必要はあります〉

——ええい、面倒な！

〔ほら、彼がきました。エイエティスト、エナタスト。エイエット・ユージーン・ゴヴェンダー准将〕

——エイエティスト、ヴィンセント。エイイポット・オトット・エップス、イエネヤイ。

——彼はなんといったんだ？

〔わかりません。なにか社交辞令でしょう〕

——彼はわたしのことをイエネヤイと呼んだか？

〔ええ。あなたを准将《ジェネラル》と呼んだんです。さあ、彼と握手してもらえますか？　どうやるかは教えてあります〕

——お目にかかれて光栄だ、オップト・エナタスト。

——エイイトックト・アクテップト・オットック・アパッツ・アキタスト——

〔おっと。待った！　ゆっくり頼む。アンスイェッツ。アンスイェッツ〕

——エイイトックト……アクテップト……オットック・アパッツ・アキタスト。

〔アキタストの最高評議会のように話す。わたしは評議会を代弁して、そのかわりに話す、みたいなことです〕

——アスト・エイアペテント・エックックト・エッテヤンス。

〔わたしは謝罪する、あるいはテラの人々、人間たちの死を気の毒に思う〕

——……

〔今度はあなたがなにかいわなくては、准将〕

——彼らがなぜわれわれを攻撃したのか尋ねてくれ。

〔まず彼らの四人のパイロットについて謝罪してはどうでしょう?〕

――一億対四だぞ。必ずしもおあいことはいえんな。彼に尋ねるんだ。

〔エックト・エイエップサッツ・イッセット・アクト〕

――エイエカント・オップス。アクス・エイエップサッツ・アペポックス・エックト。アスト・エイアペテント。

〔われわれはやらなかった。われわれはエックトの犯罪者を攻撃した。残念だ〕

――それで終わりか? 一億人が死んで、彼は残念だと?

〔いいですか、准将、あのロボットたちを派遣したのは彼ではないんです。もし通訳の語彙《ごい》が三歳児並でなければ、きっと彼にはいいたいことがもっとたくさんあるでしょう。彼の言葉をそのまま受け取ってはどうですか?〕

――彼らがわれわれを何人殺したか知っているか尋ねろ。

〔いいえ、断ります。たとえぼくにできたとしても、そんなことを彼に尋ねるつもりはありませんよ〕

――いいだろう。彼に……彼に、われわれは戦争を望んでいないといってくれ。

〔アクス・エイアパット・オップス……〕

――ヴィンセント？

〔キーーーーーン。ドーン！　タタタタタ！　ぎゃああーーっ！〕

――いったいきみはなにをやってるんだ？

〔戦争を身振りで表現してるんですよ。簡単な言葉を使ってくれるようにいったでしょう〕

――オーヨクイェッツ！

〔通じたかな？〕

——アクス・アンヨックス・エイアパット・オップス・オーヨクイェッツ。

〔われわれも戦争は望んでいない。ほらね！〕

——わたしはわれわれの惑星全体を代表しているわけではない、と彼にいってくれ。誰も代表していないと。きみたちにはわれわれに危害を加えるつもりは少しもないことを、地球の人人に納得させるのは容易ではないだろうといってくれ。あんな目に遭わされたあとではな。われわれが白紙の状態で関係をはじめられるようになるには、何世代かかかるかもしれない。地球の指導者たちに説明するよう最善を尽くすが、これは……くそっ、一億人の死が事故だったなんて、どう話せばいいんだ？　彼らがいくらか責任を引き受けてくれても害はないだろう。こんなのは五歳児の言い訳だ。あれは事故だった。自分のところの最大の都市を共同墓地にされた誰かが、それでおおいに納得してくれるとは思えんな。彼はほんとうにわたしのいうことが理解できないのか？　**おまえだ！　わたしはおまえに話してるんだぞ！**　いまいったことが聞こえたか？

〈アクス・エイヨッツ・エッテヤット・アンネスク・アクト〉

――彼になんといったんだ？

――エイヤクオスク。エイアペテント、インセント。

〈エイエスウント〉

――どうして彼は出ていくんだ？　くそっ、クーチャー！　あいつになにをいった？

〈大丈夫ですよ、准将〉

――きみがなにをいったにせよ、わたしがあいつに伝えるようにいったことより、やけに短かったな。

〈伝えても意味はなかったんです、准将。ご自身でおっしゃったように、あなたは地球の全員を代弁することはできない。彼はそのことをわかっています。彼も自身の同胞を代弁することはできません。この面会は形式的なものだったんですよ〉

——なぜそんなことを？

〔強いて推測するなら、ここにとどまることに関してぼくたちの気持ちを軽くしたかったんでしょうね〕

——いったいなんの話をしている？

〔ぼくが彼になんといったか知りたいんですね？　ぼくたちはいつ出発することになっているのか、と尋ねたんです〕

——それだけか？

〔ええ、そうです。現時点でほかに重要なことがありますか？〕

——それで？

〔彼は複雑なんだといいました〕

——それはいったいどういう意味だ？

〈ぼくたちはしばらくここにとどまることになる、という意味でしょうね〉

——きみはそれでいいのか？

〈ローズにいったように、自分がどうなるかはたいして気になりませんが、娘にはここで育ってほしくはない。われわれはあの子を故郷に帰す必要があります〉

——それなら友だちをつくりにかかったらどうだ。

〈〝われわれはあの子を故郷に帰す必要がある〟という言葉のどの部分が、わかりにくかったですか？　ぼくは友だちをつくりたいとは思わない。友だちができるほど長くここにとどまりたくない。われわれに必要なのは計画ですよ〉

——いいや。いまわれわれに必要なのは友人だ。わたしは計画がほしかったが、ローズに一蹴されたよ。

〈彼女のいうことは聞いちゃだめですよ。ローズはここが気に入ってるんです。彼女は――〉

――彼女のいうとおりだ！　計画を考え出そうとするなど、まったくばかげたことさ。われわれはなにも知らん。どうやってここにきたのか。どうやって戻ればいいのか。計画を立てるのはなんのためだ？　いま必要なのは、どうすればこのいまいましい岩のかたまりから離れられるかを知っている誰かだよ。そういうわけだから、きみは外に出かけて友だちをつくりにかかってはどうだ。それも大勢な。われわれには政府のなかに友人が、政府を嫌っている友人が必要だ。われわれには友人が必要なんだ、クーチャー。

ファイル番号EE〇三一――エッサット・エックトで記録された個人ファイル
ヴィンセント・クーチャーとエッソックの対話
場所：エティアックト地域、アプタクト市場

翻訳、ヴィンセント・クーチャー

――きみの名前は？

――もう忘れたの？　一分前（四瞬間前）に尋ねたでしょう。

――それはわかってる。これは……〝録音〟はなんていえばいいのかな。

――わたしはエッソック。

――エッソックだけ？

——ほかに誰か見える？

——いや。ありがとう、エッソック。ここがどういう場所か教えてもらえるかな？

——ここ？　ここはアプタクト市場。エティアックト地域でいちばん大きいわ。人々は食料やなにかを買いにここにくる。

——ぼくたちはあっちの通りの別の市場で食料を手に入れてる。

——そう。そう。エティアックト診療所。政府。

——向こうの食料のほうがずっと上等だ。量も多い。

——ずっといい。

——よし、それでなにが違うんだ？

——あそこでは食料はただ。ここでは支払いが必要。

——だったらどうして人々はここにくるんだ？

——ここに市場があるから。

——ぼくは……ぼくにはわからない。

——そう。そう。

——いや、ぼくがいったのは——

——あなたの世界はどんなところ？

——ぼくの世界？　そうだな……ここと似てるところもある。ここみたいに木が生えてるんだ。ほかの場所はずっと寒くて……ぼくたちのところには——海はなんていえばいいのかな——大量の水が、大きな水のかたまりがある。

——そう。そう。ここも。みんなあなたみたいなの？

――ぼくみたいって？　それはどういう意味だい？

――あなたの顔、それに腕には毛が生えてるわ。

――そうだな、ぼくたちの腕には少し毛が生えてる。

――たくさんよ。みんな腕があるの？

――ああ、ぼくたちには腕と……脚がある。

――水のなかには誰も住んでないの？

――ああ。動物は住んでる。

――ど・う・ぶ・つ、って？

――そうだなあ……生き物？　食べて、見て、動くものだ。

——あなたみたいに。

——ああ、でも違ってる……あまり賢くない。

——あまり賢くない人たちもいるわ。

——きみたちの言葉で自己認識は、なんていうんだ？（ぼくは自分が自分を認識する、といった。するとぽかんとした顔をされて……）人間——ぼくは人間だ——は自分自身の感覚、自分が考えていること、やっていることを自覚している。

——あなたは自分について考えるもののほうが優れた存在だと思ってるの？

——いや、ぼくは……実際のところ、そうだな。人間はそう考える。

——面白いわ。

——きみの……タブレット。なにか知らないけど作動してるな。

――ああ。ただの投票よ。あとでやればいい。

――なんの投票だい？

――ちょっと見てみる……あなたに関係することね。

――ぼくに？

――そう。そう。誰かが市場の向こうのあなたたちが住んでるあたりにもっと木を植えたらどうかと提案したの。いまは住人がいるんだからって。

――それできみはその件について投票することができると？

――当然でしょう。木について判断するのに特別な能力は必要ないわ！　それにわたしは木や植物に関することはなんでも投票する。そうするべきだとは思わないの？

――ぼくは……別にそういう意味で……きっときみはほんとうに腕がいいんだろう……ぼく

が市場の向こうに住んでるって、どうして知ってるんだい？

——誰だって知ってるわ。

——どうしてあそこにはほかに誰も住んでいないのかな？

——あそこの家をいっぱいにするだけの人がいないの。

——ぼくがいいたかったのはそれだよ。充分な数の人がいないんなら、どうして家があるんだい？

——知らないの？

——ぼくはなにも知らないんだよ！

——この惑星は、かつてヤッツサックの巣だったの。通りを歩くのも大変なくらい賑《にぎ》わってた。たくさんの世界から、物を買ったり売ったりしに人々がやってきた。それから何千カ月か前に戦争が起こった。皇帝がなにかとてもひどいことをして、傷つけられた人たちがこの星を攻撃したの。たくさん死んだわ。とてもたくさん。その戦争のあと、エッサット・エックトはどんな形でも二度とほかの世界に干渉しないという決定が下された。そしてこの星の住人でないものは、みんな追い出された。

——どのくらいの人数が？

——ヨッコックト。

——わからないよ。

——手を出してみて……両手を。これが、以前ここに住んでいた人数。今度は片手を下ろして。これが、そのあとここに住んでいた人数。

——半分？　彼らはどこへいったんだい？

——ここ以外のどこかへ。ほとんどはエッサット・エックトの生まれだったけど、彼らはエックトじゃなかった。大勢が先祖の星へいったけど、その多くはそこでも歓迎されなかった。大勢がいこうとしなかった。たくさんたくさん死んだわ。

——でもきみはここにいる。ここの人たちは、みんなここにいる。

——わたしがエックトじゃないとどうしてわかるの？

——きみは青い。

——充分青くはない。たとえそうしたいと思っても、わたしは先祖の星へはいけないでしょう。向こうでは灰色と呼ばれるわ。わたしの五代前の男親はほんとうに青かった。わたしの五代前の女親はエックトだった。エックトの血が流れているものは出ていかなかった。

——とどまることを許されたんだな。

——あなたの見方ではね。わたしの五代前の女親はよく、自分たちは出ていくことを許されなかったといってた。わたしの五代前の男親はエックトではなかった。彼は出ていかなくてはならなかった。でも彼女は一緒にいくことができなかった。わたしの四代前の母親、彼らの娘は半分エックトだったから、彼女も出ていくことはできなかった。

——なぜ？

——別の世界で赤ん坊を、エックトの血を引く赤ん坊をもうけるかもしれない。エックトがそんなことをさせたはずがない。

——干渉か。

——そう、そう。それはこの星ではとても重要な言葉なの。

——忘れないようにするよ。

——あなたは小さな女の子を連れていたわね。あれは娘さん？

——見かけたのかい？　名前はエヴァ。

——それはいい。彼女はここが気に入るでしょう。同じ年頃のほかの子どもたちがいるわ。

——よそにはいないのかい？

——エックトが住んでる場所にはいない。彼らの子どもたちのほとんどは町の学校にいっているか、働いているかよ。

——働いてるって？

——誰かが働く必要があるわ。ここに残っているエックトの子どもたちは、あの小さな赤いのだけよ。

——赤いの？

——近衛兵《このえへい》見習い。彼らは赤い服を着てる。近衛兵になる訓練を受けているの。向こうにひとりいるわ。

——きみは彼らが好きじゃないようだな。

——そう、そう。あの年頃はまだ親切よ。わたしが嫌いなのは、彼らが成長して……

——きみのパッド。また投票かい？

——わたしじゃないけど。エティアックト評議会の評決が出たの。あなたたちは市民になったわ。

——ぼくたちが？　なぜ？

——そうでなければ、あなたたちはこの星にいられない。

——するといいことなのかな？

——それはあなたたちがいつか故郷に帰るつもりだったかどうかによるわね。

——つまりぼくたちは出ていけないと？

——そう、そう。

——なんだって？

——そうだっていったのよ。あなたたちはエッサット・エックトから出ていくことはできないわ。

——いつまで?

——永遠に。

ファイル番号二一一六（承前）
GRU、キャサリン・レベデフ少佐とヴィンセント・クーチャーの対話
場所：ロシア、サンクトペテルブルク、GRUビル

――だからあなたたちはそこにとどまることを選んだ。九年間……

――彼らにいさせてやろうといわれたんだ。

――それであなたたちは？

――そうさせてもらうと答えたよ。またとない機会だったからな。

――あなたたちは自発的にとどまった。

――いまそういっただろう。

——進んで？

——心から。ぼくたちはじきに同義語を使い果たしてしまいそうだな。

——……

——何なんだ？　そんなに理解しにくいことか？　ぼくたちは新しい星で別の種としばらく過ごす機会を得たんだ。そしてそれに飛びついた。ローズとぼくが科学者だってことは覚えてるだろう？　それはまたとない——

——またとない機会。それはもう聞いたわ。それから、ある日あなたたちは故郷に帰ることにして、彼らがあっさり……送り帰してくれた、そういうこと？　あなたたちはなにもする必要はなかった。ただこう尋ねた。「そろそろ帰らせてもらえるかな？」すると彼らはいった。「いいとも！　飛び乗って！」そのあいだなにも起こらなかった。触れる価値のあることはなにも。いっさい。九年間。

——なにを話せばいいのかわからないんだ。なにもかもが興味深かった。なにもかもが新しかった。

——あなたたちはなにをしてたの？

——それはどういう意味かな？

——十年近いあいだ、一日じゅうなにをしてたのかという意味よ。職には就いてたの？

——エヴァはしばらく。無料食堂で働いてたんだ。

——異星人の無料食堂で？

——まあ、向こうでは異星人じゃなかったが。でも彼らは、よその世界からきた人たちに炊き出しをしてたんだ。

——それはほんとうに素敵ね。エヴァはお金のない人たちに食事を振る舞ってた。きっとあなたはとても誇らしかったでしょうね。

——いまのは嫌みだったのか？　ぼくにはわからないな。そう、たしかに彼らは貧しかったが、金は持っていた。実のところ、金を持っているのは彼らだけだったんだ。公式には、どの地域にも通貨はなかった。すべての必需品はただ同然で、たいていは物々交換で手に入る。金が必要なのは制度の外にあるものを買うときだけだ。

——共産主義ね！

——そこまでじゃない。人々は物を所有してる。なかにはほかの人たちよりずっとたくさん所有してるものもいる。もし彼らがなにか生産しても、政府は規制しない。たとえば芸術。彫刻家、ダンサー、作家、いくらかでも才能があれば、彼らはたいていの人たちよりもいい暮らしをしてたよ。

——彫刻家？　医者はどうなの？

——そうだな、ほとんどの人たちは働きたいから働いてる。あそこでは誰も、やりたくもないなにかをするために毎朝起きることはないだろう。ほかのみんなより多くの食料や服を手に入れられるから、というだけのことでは。

——なんて素敵なの。それに退屈ね。きっと誰もやりたがらないくそみたいな仕事があったはずよ。

——たしかに。たいていは農業だな。それは子どもたちがやってた。彼らは何年か働いてからいくんだ……あれは、大学と呼んでもいいだろう。

——児童労働ね。すばらしいわ。

——児童というよりは十代の若者に近いだろうな。とても若く見えるというだけで。

——あなたとドクター・フランクリンはどうなの？　あなたたちは一日じゅうなにをやってたの？

——職に就いていたのかという意味なら、ぼくたちは就いていなかった。

——どうして？

——ぼくたちは完全に不適格だったんだ……あらゆることに対して。

——かわいそうに。みんなにからかわれたの？

——たいていはじろじろ見られたよ。彼らはぼくたちを毛むくじゃらと呼んだ。要するに、たぶんぼくらに仕事を与えようとは思いつきもしなかったんだろう。ぼくは一日に何時間かエナタストに英語を教えて過ごし、その一方で彼からエックト語を教わった。彼がほんとうにどの程度学びたがっていたのかはわからない。しばらくしてからは、ぼくになにかやることをつくるためだけにきてたのかもしれない。だが彼は相変わらずやってきたから、こちらからは尋ねなかった。ローズは……ローズは向こうの科学者たちとしばらく過ごしたけど、彼らが利用できるような技術はほんとうになにも持っていなかった。ぼくは、特に最初のうちはローズの通訳ができるように彼らと〝遊んでた〟んだが、言葉が上達して向こうの見下した態度に気づいたときにいくのをやめたんだ。膝のことを別にすれば、彼らにとってはローズのほうがはるかに興味深い存在だったのさ。

——どうしてそうなるの？

——彼女はひとりきりで向こうのロボットの一体を倒したんだ。彼らは感銘を受けていたよ。

――腹を立ててなかったの？

――いいや。とにかくぼくたちが暮らしていた土地では。ぼくたちは彼らにとって敵じゃない。敵というより……彼らはぼくたちの遺伝子プールをいじくったせいで……ある種の病気にしてしまったと思ってるんだ。それにぼくたちは技術的、科学的にはるかに遅れてもいるし、肉体的にひ弱で背も低い。脅威にはほど遠い存在だ。どう説明すればいいかわからないな……きみはリスの赤ん坊を見たことがあるか？

――ないと思うけど、それとどういう関係が――

――前にカーラが街路樹の根元で一匹見つけたんだ。ＥＤＣが設立されたすぐあとだった。ぼくたちがニューヨークに移ってすぐのことだ。知り合いは誰もいなかった。とにかく、彼女がその赤ん坊リスに気づいた。ぼくたちはふたりともそいつに関わりたくなかった。死なせたくはなかったけど、世話をしたいとも思わなかった。なぜって……なぜって相手はリスだし、もし母親が連れ戻しにこなかったらぼくたちが背負いこむことになる。そろそろ日暮れだったから、たぶん猫につかまってしまうのはわかっていたけど、ぼくらは自然の成り行きに任せるつもりでいたんだ。ところがそのちびはぼくの足に這《は》い上がってきて丸くなり、そのまま眠ってしまった。

——あらまあ……

——ああ。そうなんだ。ぼくたちはそいつをひと晩連れて帰り、次の日に見つけたのと同じ木の上に捨てた。

——それでどうなったの？

——見当もつかないな。たぶん死んだんだろう。問題はそこじゃない。そいつは厄介者、ふわふわのしっぽを持った見栄えのいいネズミだったが、かわいらしく、無力で、ぼくたちは責任を感じたということだ。幸運にもエックトはカーラやぼくより辛抱強いから、自分たちの政府が次にどうするか決めるまでのあいだ、一日といわずぼくたちの面倒を見てくれたわけさ。

——それで彼らはどう決めたの？

——なにも。

——ヴィンセント。あなたがわたしを信用してないのはわかるけど、もし嘘をでっち上げるつもりなら、少なくとも合理的に信じられるものでないと。そしてこれは、ほとんどなんでも信じる人間がいってるの。いいえ、ほんとよ！　わたしはとってもだまされやすいの。テレビでやってるばかげた商品を何でもかんでも買ってしまって、恥ずかしすぎて返品できないんだから。

——前にいっただろう。彼らはゆっくりと物事を進めるんだって。

——九年がかりでゆっくりと？

——そうさ！　彼らはきわめて厳密な民主主義を持っている。なかには決めるのが難しいこともあるんだよ。

——彼らには皇帝がいるんだと思ってたわ。

——ああ、いまは女帝だ。だが彼女はなにもしない。イギリスの女王とよく似てるんだ。ほとんどの決定は人々が直接行う。ほかの種《しゅ》やほかの惑星が関わる決定はすべて、アキタストの最高評議会に委ねられている。

――なるほど、すると彼らは物事を投票で決めるのね。わたしたちもそうしてる。わたしがわからないのは、それのどこが十年近くかかるほどの難題なのかよ。

――それはぼくたちがやってるようなものとは違うんだ。ぼくらがやってるのは投票ごっこさ。あの人たちは投票界のメジャーリーガーなんだ。

――それはどういう意味？

――そうだな、ここではぼくたちはいくつかのこと、たとえば政治みたいなことで投票する。絶対多数、投票数の五十プラス一パーセントが求められるところもある。過半数にはこだわらず、もっとも票を獲得したものを選ぶだけ、というところもある。だがぼくたちはリストから選ぶ。選択肢の数は限られているんだ。候補者リストを出すかわりに、自分がいいと思う人、なにかに選ばれてほしいと思う人の名前をみんなに書かせるところを想像してみてくれ。選ばれるには、全員から過半数の票を得ることが必要になる。これが彼らの物事の決め方だ。票を獲得することは問題じゃない。あそこの人たちはあらゆることについて、朝から晩まで毎日投票している。物事をやり遂げられるかは質問次第だ。はいかいいえで答えられる質問を考え出すことができれば、なんの問題もない。もし多肢選択式だと、ことは複雑になる。評議会はぼくたちを完全に持てあましていた。可能性は果てしなくあって、彼らはそのどれでも合意に達することができなかった。ぼくたちが出てきたとき、彼らはまだ滞在を許すべきかどうかを議論してたよ。

——わたしをどれだけばかだと思ってるの、ヴィンセント？

——ぼくになにをいわせたいんだ？

——うーん、わからないわ。たぶん、真実かしらね。

——いまのが真実だ。これのどこにひっかかってるんだ？　彼らは脅威ではないという部分か？

——彼らの軍について話して。

——本気か？　すでに話した以上のことはたいしてないぞ。ぼくたちは彼らの軍隊の見学に出かけたわけじゃないからな。連中は山ほどロボットを持ってる。輸送船もいくつか見たが、彼らがいうには……ぼくの話をちゃんと聞いてるのか？

――ごめんなさい。この話はまたの機会にする必要がありそうだわ。

――何事だ？

――それが……まずいことに。わたしたちは少々問題を抱えてるの。

――どういう問題だ？

――あなたの娘さんよ。

――あの子がなにかしたのか？

――それがね、消えてしまったの。これはなかなかのことでしょうね。

――消えたとはどういう意味だ？　どこへ？

――うーん。それはわたしが尋ねようとしていたんだけど。彼女はどこ？

——ぼくにわかるわけがないだろう。一日じゅう部屋に閉じこめられてるんだぞ。あの子に会うことも許されてないのに。

——それは少し言い過ぎよ、ヴィンセント。あなたの部屋は厳重に監視されているのであって、鍵はかかってない。そこには差があるわ。でもあなたのいうことにも一理ある。仮にあなたの言葉を信じるとしましょう。ドクター・フランクリンも自分の部屋にいた。それに彼女が脱獄に関わるようなタイプだとは、とてもわたしには思えない。あなたの仕業じゃないのはたしかなのね？

——なんだって？　まさか。ああ、たしかだとも。

——いいわ。あなたじゃなかった、と。もしあなただったらずっとよかったんだけど。

——どうしてそうなるんだ？

——なぜってあなたたちが彼女を脱出させたのでなければ、わたしたちのなかの誰かがやったことになるからよ。それがどんなに大問題かわかるでしょう？　一昨日わたしの手元には、テーミスを操縦できるものが三人いた。三人のパイロットが。いまではそのうちのひとりは死に――

――エッキムは死んだのか？

――いけない！　あなたに話すのを忘れてたわよね。彼は完全に死んだわ。二日前だった。なんと猫のウンチのせいでね。

――きみたちは彼を解放すべきだったんだ。故郷に帰してやれといっただろう！

――あれは本気だったのね？　まあ、こうなるとわかってたら……もちろんわたしたちは、あの異星人の子どもをテーミスごと帰してやったわ。そうすれば間違いなく、わたしのパイロット問題は解決してたでしょう。なぜっていまは……今度はエヴァが消えてしまった。わたしは数学が大の得意ってほどじゃないけど、あのロボットにはパイロットがふたり必要で、三引く二だと足りないのはわかる。それだけでも大変だっていうのに、どうやらわたしの部下のなかに裏切り者がいるらしい……くそったれ《チョルト・ヴオズミー》！　失礼。いまちょっとむしゃくしゃしてるものだから。この件でわたしがどれだけ厄介なことになるかわかる？　わたしはエヴァと話をするためだけに、三枚の用紙に記入しなくちゃならなかったのよ。彼女を完全に失ったとなればどれだけの書類仕事をすることになるか、想像してみて。わたしたちは、ほら、人を失ってはいけないことになってるの。絶対に許されないことだわ。ほんとうに、わたしたちの趣味じゃないの。

——そしてぼくはきみを気の毒に思わなくちゃいけないのかな？

——そうしてくれてかまわないわよ！　嬉しいわ。わたしにはハグが必要よ。それにもっとひどいことになる前に彼女を見つける手伝いをしてくれてもいいのよ。

——なんだってぼくがきみを助けるためになにかするっていうんだ？

——いい質問ね。そんな必要なんかないように思えるでしょう？　つまりね、いまあなたは娘がここから抜け出す道を見つけたことを、ただ喜んでる。そうよね？　でも五秒もすれば、いま彼女が全ロシア軍と諜報部に追われる立場になっていることに気づくでしょう。そしてこう考える。うーん、ぼくの娘は世界でいちばん自制の利くタイプってわけじゃないからなあ。彼らに追い詰められたときに、なにかばかなことをしなければいいんだけど。それに彼らは見つけるでしょう。人捜しが大の得意なの。もうじきよ——ほら！　いままさに！　いまあなたの頭のなかでは彼女が蜂の巣にされて——

――あの子にちょっとでも手出ししてみろ。ぼくは――

――ちょっと、なんてことをいうの、ヴィンセント！　もう一度頭のなかで繰り返してごらんなさい！　いまのはほんとうにうまいやり方だといえる？　あなたが探していた言葉はこうでしょう。「お願いだ、キャサリン！　ほんとうに頼むよ。きみにできることはなにもないのか？」

――あるのか？

――いいえ！　まず彼女を見つけないかぎりはね！　あなたはほんとうにエヴァの居場所を知らないの？　彼女がいきそうなところは？　隠れていそうな場所は？

――ロシアでか？　あの子は……ぼくたちは初めてここにきたんだ。彼女はなにも知らないよ。どこへいけばいいのか見当もつかないだろう。

――彼女はあなたに書き置きを残してた。

――なんて書いてあった？

——こう書かれていたわ。「父さん、キャサリンが内容を知ってるわけないでしょ？　書き置きのことはいま知ったばかりなのよ」

——……

——心配しないで、ほかのみんなが見てから持ってきてあげる。

ファイル番号EE〇六六――エッサット・エックトで記録された個人ファイル
私的記録――エヴァ・レイエスとヴィンセント・クーチャー
場所：エティアック地域、アプタクト市場

――〝おまえのそれは世界を二次元でしか見ない。そのものたちは生まれたときから養子に出されることになっている〟

――エヴァ？

――なに？

――どうして父さんにいってるんだい？　そのヒントはぼくが書いたんだ。もうわかってるよ。

――ちょっと声に出して考えてるの。わからない。難しいわ。

——宝探しだからな。難しくて当然さ。そうじゃなかったら雰囲気が出ないだろう。

——あの瓶になにが入ってるのか、まだ聞いてない。

——このヒントを解いたら教えてやろう。

——瓶にはなにが入ってるの？

——本気か、エヴァ？

——知りたいの！

——髪の毛の房がふた束。

——父さんの？

——ああ、そうだ。父さんがなんの理由もなく他人の髪を切ってまわってると思うのか？

――知らないわよ！……ほんとに訊かなくちゃだめなの？

――訊くってなにを？

――父さんったら！　どうして瓶に自分の髪の毛を入れてるのよ？

――ああ。そのことか。そのうちわかるさ。

――それって笑えないわ。教えて！

――その答えはヒントを解いたときにわかるだろう。それで最後だ。

――意味がわからないの！　あたしのそれは世界を二次元で見る。あたしのなに？

――ものが三次元で見えるのはなぜだ？

――それは……あたしの目が前を向いてるから？

――目はいくつある？

――ふたつ。

――だから……

――あたしが持ってる、目がふたつないもの？……そんなの持ってない！

――ここじゃなくて。故郷にだ。

――……カーラのビロードのジリス！

――当たり！

――よしと。そのものたちは生まれたときから――果物の屋台の隣にいる、あの小さなふわふわの生き物？

——当たり！　ついでにいうと、あれはヨットヨットと呼ばれてるんだ。

——それって……？

——そういうことさ。ぼくらはヨットヨットを手に入れにいくんだ！　おまえはあれが好きだっていってたし、ここでは猫にいちばん近いものだからな。

——やった！　ありがとう！　ありがとう！

——なあに。今日はおまえの誕生日だ。少なくとも父さんは誕生日だと思ってる。あれはなにも食べないし、もう大きくならないって話だ。水のなかにおしっこをするだけらしい。

——いま手に入れにいける？

——まあ焦るな。いまはちょっとした小競り合いが起きて——くそっ！　エヴァ！　気をつけろ！

——わっ！

――エヴァ、大丈夫か？

――うん――かなりひどくぶつかってきたけど。

――おい！　くそ野郎！　おい、逃げるな、この――

――父さん！　あたしは大丈夫だから。

――たしかか？　あっちから近衛兵見習いがくるぞ。あのくそ野郎を逮捕してもらうことも
――

――大丈夫だっていったでしょう。

〔エップス・エイイースクエックス・アクト〕

――オップス。エイエスウント。

〈アスト・エイエット・エッキム〉

――エイエット・エヴァ。

〈エップス・エイエサット・エッテヤット・アクト？　エップス・アスト・エイエッツセック・オンヨスク・アント・オット〉

――アット、アット。アクス・エイエック・アント・アステックス・オンソックス。

〈アスト・エイエックト。アスト・エイアパット・イエットセック・エップス・エポックト、エヴァット〉

――アンヨックス！　アクス・エイエックト・エケット・オップス。バイ！

――あいつはなにがほしいって？

――父さんったら！　彼はあたしがけがをしてないか知りたかっただけよ。

——どうしてやつはおまえの名前を尋ねたんだ？　ついでに訊くけど、おまえはどうやって彼らの言葉がそんなにうまくなった？

——彼は尋ねてない。自分の名前はエッキムだっていったの。それであたしも彼に名前をいった。それが秘密だなんて知らなかったわ。それにあたしに言葉を教えてくれたのは父さんでしょ。

——そこまでは教えてないぞ！　そもそもオンソックスっていうのはどういう意味なんだ？　空っぽってことか？

——そうよ。たぶんね。あたしはただ……

——ぼくより覚えが早いからって謝ることはないさ。ただ、知らないやつには気をつけるんだぞ。それに話しかけるのは知ってる相手だけにするんだ、いいかい？

——彼は親切にしてくれただけよ。

——あいつは近衛兵見習いだ。

——だから？

——いや、別に。おまえのいうとおりだ。ぼくらは彼を知らない。それだけだ。

——……

——あいつをイカしてると思ってるんだろう？

——父さん！

——なんだい？

——もうあたしのヨットヨットを手に入れにいける？

——ああ。そうしよう。すぐそこだ——エヴァ、走るんじゃない！

……

——走るなって——

——この子にしていい？

——ちょっと息をつかせてくれよ。

——彼にしていい？

——エヴァ、どれでも好きなのにしていいぞ。全部同じに見えるけどな。

——この子は悲しそう。

——どれでも好きなのを選べるのに、哀れっぽいやつがほしいのか？

——あたしたちと一緒のほうが幸せになれるかもしれないでしょう。

——それは……ほんとに優しいな、エヴァ。十二歳の誕生日、おめでとう！　抱いていけるかい？　入れ物をなにも持ってないんだ。

——うん。いらっしゃい、おちびさん！

——エイエスウント。

——いまなにをしたの？

——この男に礼をいったんだ。支払いをして、礼をいった。

——彼にあの瓶をあげたのね！

——ああ。そうだよ。

——父さんの髪の毛が入った瓶を！

——ああ。彼がほしがったんだ。

――だけど……気持ち悪くない？

――どうして気持ち悪くなるっていうんだい？

――だって、髪の毛で支払ったのよ！

――まあ、髪の毛は最後の切り札だったってだけさ。彼にはもう、昨日ベルトをやったんだが、それでは足りなかった。ああ、それにニューヨークのメトロカードも。要するに父さんは、狩りの獲物《ゲーム》と三十ドルのベルトを交換したんだ。もし誰かがぼったくろうと――

――この子は遊びの道具《ゲーム》じゃないわ！　ペットよ！

――そういうゲームじゃない。肉だよ！　こういうものを食べる人たちのことは知ってるだろう？

――えっ？　まさか！

――例の……彼らが自分たちのことをなんと呼んでるかは知らないが。あの……背が高くてひょろ長い、髪の毛のない連中だ。

——髪の毛がないのはみんな同じよ、父さん。

——服を着てないやつだ。

——ああ。彼らね。

——そうだ。彼らはこういうものを食べる。だから売ってるのさ。

——ぞっとするわ！　とってもかわいいのに！

——ウサちゃんみたいにかい？

——そうよ！

——そうだなあ……

——父さんのいうことは聞いちゃだめよ。誰もおまえのことを食べたりしないからね、ミスター・ヨットヨット。

——それが彼の名前かい？

——ミスター・ヨットヨットのなにが悪いの？

——なにも。自分の飼い猫をミスター・キャットと呼ぶみたいなものだってだけさ。

——ミスター・キャットっていいじゃない！

——それならミスター・ヨットヨットにしよう。これからおまえも家族の一員だぞ。これが雄だって、どうしてわかるんだ？

——……

——ああ。そういうことか。エヴァ、彼をうちに連れて帰る前に……ぼくたちがじきに帰るかもしれないことは知ってるな？　地球に。どれだけここにいることになるかは、父さんにはわからない。ここに十八カ月もいることになると思ってなかったのはたしかだ。それにぼくらはそうするべきだとは――出発するときにミスター・ヨットヨットを一緒に連れていけるとは――思わない。

――あたしはここが好きよ。

――それはいいんだ。ただ、もしぼくたちがすぐに帰ることになるなら、おまえにあまり愛着を持ちすぎてほしくないだけさ。父さんはこういうものがどのくらい生きるのかさえ知らない。ミスター・ヨットヨットはもう百歳くらいかもしれないんだ。そうだ、忘れる前にいっておかなくちゃ。今夜ローズがぼくたちみんなを夕食に招待してくれてる。

――今日は一日一緒に過ごそうっていったのに。

――過ごすとも。ローズとユージーンも一緒にな。

――だけどあたしの誕生日なのに！

――わかってるさ！　そこが肝心なところだ！　ローズはケーキらしきものまで見つけてく

れたんだぞ！

——あたしはただ……父さんとふたりきりでうだうだできると思ってたから。

——こういうのはどうだ？　ローズやユージーンと一緒に夕食を食べて、それから家に帰って……なんでもおまえの好きなことをしてうだうだしよう……どうもこの言いまわしを使うには、父さんは年を取りすぎてるのかもしれないな。

ファイル番号二一一七
エヴァ・レイエスからヴィンセント・クーチャーへの手紙

ヴィンセントへ

いまあなたがこの手紙を読んでいるなら、あの男が約束を果たしてくれて、わたしは姿を消してるってことね。それはつまりＧＲＵの全員が手がかり――ある種の秘密の暗号――を求めて、これに隅から隅まで目を通したってことでもある。こういうのはどう？　鳩はよくやった。盲人は目が見えない。みんなくそ食らえ。

まさにこれよ。わたしはもう二度とあなたに会うことはないと思う。ほんとのところ、二度と会わずにすむよう願ってる。これを全部じかに、少なくとも個人的にいえたらよかったけど、おたがいにとってこのほうが簡単でしょう。キャサリンはもう、わたしがエッサット・エックトを離れたがっていなかったことを知ってるし、ほかになにを知られようとどうでもいいわ。

ヴィンセント、あなたはわたしからなにもかも奪った。知り合い全員。気にかけてたもの全部。あそこはわたしの故郷だったのよ！　わたしのエッサット！　あなたは好きじゃなかったかもしれないけど、あそこはわたしの故郷だった。わたしはあそこが好きだった。わたしの居場所だった。わたしには生活が、自分の生活があったのに、あなたはそれを奪った。あなたがそう決めたの。

エッキムまで。彼がこんな目に遭ういわれはなかったのに。彼にはなんの罪もなかった。人じゃないんだろうけど、わたしにとってはたいしたことじゃないんだろうけど、わたしを助けることしか考えてなかった。たぶんあなたにとってはたいしたことじゃないことなんかできるはずがない、みたいな目で見てくれる誰かがいるってことは。わたしに悪いことなんかできるはずがない、みたいな目で見てくれる誰かがいるってことは。わたしがどれだけエッキムを追い払おうとしたか、わたしがどんなに彼を邪険にしたかは関係ない。彼はいつも、あんなふうにわたしを見てくれた。誰にでもわたしのことを自分のエップテットだっていうのも、やめなかった。そのことでわたしはひどく腹を立ててたわ。エッキムにはそれがわかってて、たぶんわざといいつづけてたの。ときどきわたしは彼にいわせておいた。壁に押しつけたり、意地の悪い冗談をいわずにね。そんなときの彼の顔ときたら。エッキムに恋してたのかどうかはわからないけど、彼といるときの気分は好きだった。彼がそばにいるときの自分が好きだったし、そういう気持ちになることはあまりなかった。いま彼はいない。あなたはそんな気分も奪ったの。

ここにはわたしにとっていやな思い出しかない。わたしの両親、カーラ。かつてここでわたしが気にかけてた人たちは、みんな死んでる。わたしのせいで。ここの人たちはわたしが違っているから笑いものにし、わたしという存在をあざ笑った。いまのわたしはますます怪物よ。

あいつらはわたしをガラス張りの部屋に押しこめて、一日じゅう針で刺してくる。ひょっとしたらわたしがこんなことを望むかもしれないなんて、どうして思ったわけ？　ヴィンセント、あなたはわたしが持っていたものをなにもかも、この手からむしりとった。幸せを奪い取り、苦痛しかない場所に送り帰した。あなたを恨むわ。

そんなことをする価値はあったの？　エッキムを死なせる価値はあったの？　もしあったというんなら、わたしはあなたを恨む。なかったというんなら、あなたを恨む。あなたを恨むわ、父さん。きっとあなたは、すべてわたしのためにやったんだって自分に言い聞かせてるんでしょうね。まったく、わたしは全然《ヨキッツ》望んでなかったのに。その気持ちを尊重してほしかった。

これからどうするか、どこへいくかはわからないし、もしわかっていても教えるつもりはないけど、結局どこへいくことになっても、それはわたしが決めたことよ。わたしはこうすることを選ぶ。わたしが。そのことは覚えておいて。たぶんあなたはけっして認めないだろうけど、あなたにとってはわたしがいないほうがいいし、わたしはほんとうにこれ以上惨めになりようがないと思う。あなたが最善を尽くしたことはわかってる。それが簡単なことじゃなかったのはわかってるし、その点ではずっとあなたを愛するでしょう。でもやっぱりあなたを恨むわ。

E.

追伸：ハーイ、キャサリン！　じゃあね！

第二部　さっさと逃げ出す

ファイル番号ＥＥ〇九八――エッサット・エックトで記録された個人ファイル
私的記録――ローズ・フランクリン博士
場所：エティアック卜地域、割り当てられた住まい

エッサット・エックトにきてからほぼ四年になるが、どういうわけかわたしたちはいまだによそ者だ。わたしたちと彼らのあいだには隔たりが、越えることのできない目に見えない壁がある。わたしはその壁を壊したいが、どうすればいいのかわからない。彼らはわたしたちに笑いかけ、ときおり親愛のしるしに肘《ひじ》をつかんでくるが、それには温《ぬく》もりもほんとうのつながりもない。いつも手袋をはめているような感覚だ。

わたしたちは己が何者なのか知らない。誰も知らないのだ。一方では、わたしたちの種《しゅ》は彼らの遺伝子を少し持っている。法律――彼らの法律――に照らせば、それによってわたしたちはエックトになるはずだ。だからわたしたちは市民と認定された。もしそれがほんとうなら、

わたしたちは二度とこの星を離れることはできない。他方では、彼らの影響を受けているのはわたしたちの遺伝子構造のごく一部にすぎない。わたし個人には遺伝的干渉のしるしはない。なにひとつ。その理論でいけば、わたしたちにはこの星にいる権利はまったくない。彼らは異星人を認めていない。エティアック卜地域がわたしたちに市民権を与えることはできないはずだ。もし異星人なら、わたしたちは故郷に帰ることになる。そんなわけだから、わたしたちはここを離れられないか、とどまれないかのどちらかだ。三年前にアキタストの最高評議会が問題解決のために乗り出してきた。彼らが議論しているあいだはどっちつかずのままだ。わたしたちは多くの議論の的にもなっている。わたしたちが暮らしているエティアックトはとても多様な地域だ。人口の半分以上が、少なくともある程度はほかの世界の血を引いている。彼らはわたしたちに己を重ね合わせている。彼らは地球で起こったこと、エックトがわたしたちの同胞を一億人殺したのを見て、次は自分たちの番かもしれないと恐れている。抗議の声は多い。オッスク――ここよりずっと同質な人たちが暮らす地域――の人たちは、こんなことになっているのはわたしたちのせいだと非難している。彼らは一刻も早くわたしたちを追い出したがっている。評議会が結論に達することができないのはそのためだろう。わたしたちをとどまらせれば――ヴィンセントにいわせると、無理にとどまらせれば――オッスクの人たちを怒らせることになる。わたしたちを追い払えば、異星人の血を引くものたちをますます怒らせる危険がある。

この土地の人たちがわたしたちに興味津々なのはたしかだが、それは自然なことだともいえる。わたしたちは彼らにとって生きた宝、彼らがほとんど知らない世界に関する情報の宝庫なのだ。エティアックトの人たちがみんな、評議会にわたしたちをエックトと呼ばせたがっているのは間違いない。なぜならもし充分にエックトでなければ、もし異星人であるなら、ここにいるべきですらないし、彼らと話す一瞬一瞬は、わたしたちにこれ以上ないほどの悪影響をもたらす恐れがある。だから彼らは通りで会えば手を振り、雑談はする――わたしたちをのけ者にするのは不作法なことだろうし、エックトは不作法にはほど遠い――が、会話がちょっとしたおしゃべりの域を越えると、その場を離れる口実を見つけるだろう。彼らはそうするのが驚くほど上手で、このとてもきわどい線の上を歩く達人だ。不安も気まずい様子も見せずにやってのける。もし逆の立場なら、わたしたちにはとうてい無理だろう。

もちろん例外はある。彼らのほとんどはエヴァと関わっている。彼女は……すれていない。ヴィンセントやわたしは、自分に期待されていると思っていることに縛られている。あの子は違う。ぶしつけな態度を取ることができ、いつも思ったままを口にする。エティアックトの人たちは彼女のそういうところを気に入っている。わたしたち三人のなかで唯一エヴァだけが、人々と真の関係を築くことに成功している。ヴィンセントとわたしは……顔見知り止まりだ。

わたしたち四人のあいだには亀裂も生じつつある。ユージーンは出ていくことばかりいっている。ヴィンセントもここにいることは望んでいない。ここの人々はわたしたちに近づくのをためらっているが、ヴィンセントは彼らを寄せつけようとしない。もちろんエナタスト、それにエッソックは別だ。彼女はほんとうにヴィンセントに好意を抱いているし、その気持ちは彼も同じだと思う。もしエヴァのことがなければ、それ以上の関係になっていたかもしれない。だがヴィンセントはそれを自分に許そうとはしない。彼はカーラの思い出を裏切る――彼の目にはそう映る――ようなことはしないだろう。息をするたびに彼女を思い出させるエヴァが一緒では。エヴァは母親にそっくりだ。エヴァとわたしには意見の合わないことがとてもたくさんある。彼女と父親との距離も広がっている。

これだけいろいろあっても、わたしはここにいると落ち着く。自分たちが近いうちに地球に帰ることにならないよう願っている。わたしはここが好きだ。わたしはここの人たちが好きだ。ここには知識が溢《あふ》れている。シカゴに住んでいた頃に繁華街へ出かけたときのことを思い出す。活気、エネルギー。どこかのベンチにひとりでちょっと腰掛ければ、自分のまわりで生きている八百万人を感じることができた。ここでもそれは同じだが、わたしが感じているのは知恵であり、それに浸っているだけでいつのまにか知識が身についている。わたしはこの星では子どもだ。わたしに把握できるもっとも複雑な科学、もっとも抽象的な概念はこの世界ではとてもありふれたことで、エックトがわたしに新しい知識を教えずにいるのはほぼ不可能だ。最善を尽くしてはいるが、なかには彼らにとってあまりにわかりきったことなので、天気の話をしているときにふと紛れこんでくることもあるだろう。

ここに着いた当初、わたしは愚かにも自分が役に立てるだろうと思っていた。ここの科学者たちと少し過ごした――彼らはしきりにわたしに会いたがっているようだった――が、自分がなにに取り組んでいるかを説明したとき、お湯を沸かそうとしているといったも同然だったのが、彼らの表情から読み取れた。彼らはわたしに興味を持っていたが、わたしにできることで科学的に意義があるとみなされることは、ここではなにもないだろう。わたしは学校の実験室を使わせてもらえることになった。それにかかったのは、たった二年と十二回の投票だけだった。彼らは……とりあえず、ほんのわずかでも人類の知識に影響を及ぼす可能性のあることはなにもやりたがらなかった、とだけいっておこう。だがついにわたしは、学校の実験室でそんなことが起こる可能性はないと充分な人数の委員を説き伏せた。けっして誰とも長い会話をしないことでひとついいのは、わたしの無知さ加減を完全に把握されずにすむことだ。なんてことなの！　ここのティーンエイジャーたち——人間でいえばその年にさえなっていない——がいじっているものときたら！　彼らは本を読ませてはくれないが、もしなにかそこそこ具体的なことを尋ねれば、その装置がどういうふうに働くかは説明してくれる。それはもっともなことだ。もしわたしが自分で実験を考案できるなら、それはおそらく彼らの助けなしでもできたはずのなにかということになる。そうだといいのだが。

わたしはとても単純なこと、すでに知っていることから取りかかった。もし結果が理屈にかなっていれば、あるいは自分がなにか間違ったことをしたら、それとわかるように。それから少しずつ賭け金を上げていった。彼らはこちらが知識を引き出そうとしていないことを確認するため、いつもさらに説明を求めた。そのうちわたしは彼らをひっかけて、より洗練された装置を使わせてもらうこつをつかんだ。わたしは実験室の標本のなかにゲルマニウムのかたまりらしきものがあることに気づいていた。そこにはほんとうにすばらしい岩石標本がそろっている。それはゲルマニウム76だった。わたしは彼らに、地球ではゲルマニウムは珍しいのだ――これはほんとうだ――と話し、この同位体を見たのは初めてなのだ――これは嘘――といった。そしてこれが二重ベータ崩壊、すなわちふたつの陽子がひとつだけでなく同時にふたつのニュートリノを放出する現象を起こすことができるのか見てみたい、といった。これを説明するには驚くほど長い時間がかかった――彼らは物質が別々のものからできていると、直感的にとらえていないのではないだろうか――が、そういう現象が起こるのをこの目で見たことがあると信じこませるように話を持っていき、彼らが持っている同位体で試してもかまわないかと尋ねたときには反対されることはなかった。彼らはわたしに箱をひとつ渡してくれた。原子炉と地下検出器でも、小さな町ほどの大きさの粒子加速器でもなく、靴箱ほどの大きさのものを小脇に抱えて入ってきたのだ。彼らがそれをしばらくいじくる様子をわたしは見守った。おそらくわたしでも理解できるくらい簡単な表示にするためだったのだろう。彼らはその操作方法を赤ちゃん言葉で説明すると、わたしをひとりにして出ていった。それを理解するには優に一週間かかったが、今日わたしはニュートリノを放出しない二重ベータ崩壊を観察した。なにか複雑な方法で検知したのではなく、目の前で起こるところを見たのだ。わたしはすっかり浮かれ、うちに帰る途中で出会った人たちみんなに話した。彼らはみんな変な目でわたしを見た。まるでわたしが「地球は丸い！　地球は丸い！」と金切り声を上げている、少し頭のおかしな人物だとでもいうように。

それについて誰にも話してはいけなかったのだと気づくのに、二、三時間かかった。エックトはわたしをばかだと思うだろうし、自分たちのおかげでなにか価値のあることを学んだと知れば、カンカンに怒るだろう。ヴィンセントは物理学について少し知っていたが、これが理解できるほどではなかった。エヴァとユージーンは気にもかけなかった。それはひどく奇妙な感覚だった。わたしが見たのはほんとうに重要なことだった。わたしはニュートリノがマヨナラ粒子であると証明したわけで、このことはそれらが自身の反粒子でもあることを意味していた。わたしはニュートリノに質量があることを証明していた。崩壊率を測ることによって質量スケールの限定を助けてさえいた。これは物理学における大きな一歩だった。それはわたしたちに宇宙が無ではなく物で満ちている理由を説明する方法を、与えてくれるかもしれない。原初の星がどのように形づくられたか、暗黒物質がなにでできているかを説明する役に立つかもしれない。信じられないほど広範囲にわたる大発見だった。地球でならノーベル賞は確実だ。ここでは高校の試験でBマイナスを取れるかもしれない。それは世界を変える瞬間になるはずだったが、わたしはまずいときにまずい場所にいた。ついさっき車輪を発明したと思ったら、ラッシュアワーのブロードウェイの真ん中に立っているのに気づいたような気分だった。

わたしはそれを受け入れることができる。たとえ周囲の水準では原始的なことでも、自分が一日じゅう偉大な科学を行っていることがわかる。多くの意味で、それは最高の種類の科学だ。刺激的だが結果に縛られない。わたしが実験室でやることが、誰かを殺すことはないだろう。誰もわたしがやることを、人々を傷つけるために利用しないだろう。わたしは自分たちがとどまることを許されればと思っている。ヴィンセントとユージーンがこの世界について考えを変えてくれることを期待している。幸いわたしたちの運命を握っているのはわたしではなく評議会だから、待っているあいだにこの星が与えてくれるはずのものを楽しんでもなんの問題もないだろう。

ファイル番号EE一〇八――エッサット・エックトで記録された個人ファイル
私的記録――ヴィンセント・クーチャーとエヴァ・レイエス
場所：エティアック地域、割り当てられた住まい

――もうケーキにしない、父さん？

――ぼくはユージーンを待っていたんだ。

〔あの人はこないでしょう。体調がよくなかったから〕

――またかい？　まあそれなら、ぼくたちのケーキの分け前が増えるわけだ！　残念ながらロウソクは見つからなかったよ。十四歳か！　ちょっといっておきたいのは、この四年間おまえと一緒に過ごせてどんなに感謝してるかってことだ。その時間を地球で過ごせていたらとは思うけどね。おまえが成長して反抗的な十代になるのを見てるのは……まったく苦痛だったよ。この星のどこにも黒い服がなくてよかった。おかげでゴスファッション一式を買わされずにす

むからな。ああ、それから、ついにぼくたちのレコーダーのバッテリーをなんとか再充電してくれた市場のイッティティットに、心からの感謝を。

——わたしは反抗的じゃないわ。

——そうはいっても、おまえはひとりで出かけるし、人々と話をする。充分反抗的だよ。エッソックから聞いたけど、近衛兵見習いのひとりとよく一緒にいるそうじゃないか。彼の名前は？

——エッキム。それにわたしたちはただの友だちよ！

——そうか、まあ、そうであることを祈るよ。彼は二十歳を過ぎてるそうだからな。

——彼らは成熟するのがすごくゆっくりなの！　地球の感覚では向こうのほうが年下なんだから！

——だったらおまえには若すぎるわけだ。待てよ……ぼくがいいたかったのはそういうことじゃないんだ。

――だったらなにがいいたかったの？

――ぼくがいいたかったのは……おまえはここにいるべきだってことだ。けっして出歩くとか……なんかはしないでな。そしてなにがあろうと絶対に、ここにボーイフレンドを連れてくるんじゃない。

〔わたしは彼に会いたいわ！　そのうち連れていらっしゃいよ！〕

――ありがとう、ローズ……いっておくけど、これは皮肉だからな。ぼくを説き伏せてこの子を仕事に就かせただけでもひどいのに、ボーイフレンドがどうこうなんて、まだ無理だ。ミスター・ヨットヨット！　テーブルから下りろ！

〔エヴァはほかの人たちを助けてるのよ、ヴィンセント。食事を振る舞ってる。あなたは彼女を誇りに思うべきだわ〕

――わたしがここにいないみたいに話をするのはやめてくれない？

——なあ、エヴァを見たかい？　ほら、あの不器用な子さ。

——ほんとに面白いわ、父さん。それにそっちだって人のことはいえないでしょう。父さんがどんなふうにエッソックを見てるか、わかってるんだから。

——自分の目を使ってるんだ。ぼくはそうやってエッソックを見てる。そうしないと彼女が見えないからな。

——いいのよ、父さん！　彼女は父さんのことが気に入ってる。エッソックとわたしは友だち。完璧よ。

——なにか別の話をしないか？　壁を点《つ》けてくれるかな。このなかだと物が見えない。

〔いま〝壁を点ける〟っていった？〕

——いったわよ。四年間ずっとそういってる。全然気づかなかったの？　壁を暗くする。壁を消す。

――ぼくがどんな問題に直面してるかわかってくれよ、ローズ。この星全体で英語を話すのはぼくたちしかいない。それなのにぼくの表現は、わが子にクールだと思ってもらえないんだ。きみはあの壁みたいなもののことをどういってるんだい、ローズ？

〔もっと光を入れて、かな？〕

――そうか、きみは実に賢いな。さあ、ケーキを食べよう！

〔エヴァ、無料食堂のことを聞かせてちょうだい。向こうではなにをしてるの？〕

――たいして話すことはないわ。無料食堂だから。お鍋をかき混ぜる。スープのお椀《わん》を渡す。

――一日にどのくらいの人たちに食事を出してるんだ？

――さあ。何百人か。千人か。大勢よ。

〔どうしてそんなことになるの？　彼らはほかのみんなと同じ量の食べ物を与えられてるのよ。わたしたちがもらったものを見てきたでしょう。食べられる量の倍を食べても、まだ余るのに」

――あなたはこの四年間どこにいたの、ローズ？　ここの人たちの半分は存在しないことになってるのよ。彼らはなにももらえない。彼らの子どもはなにももらえない。彼らの孫もなにももらえないわ。あのできそこないの評議会を厄介払いしないかぎり、事態は悪くなる一方よ。

――エヴァ。誰かに聞かれるかもしれないぞ。

――彼らは邪悪なのよ、父さん！　ここの人たちはみんな、彼らを嫌ってる。

――ぼくは本気でいってるんだ、エヴァ。

――あいつらはただの差別主義者のくそったれどもの集まりよ。

――ぼくたちを助けられるのは彼らだけなんだ。

――彼らはまだ決定してないっていったじゃない。四年で結論を出せなかったのよ！　彼らは絶対になにもしないわ。

——するさ。彼らはぼくたちを故郷に送り帰してくれる。それができるのは彼らだけだ。おまえは故郷に帰りたいだろう？

——……

——エヴァ？

——うん、そうね。だけど連中がみんなを——百パーセントエックトじゃないみんなを——扱うやり方は間違ってる。誰かが止めなきゃ。

——おまえが彼らを嫌ってるのはわかってるよ、エヴァ。ぼくはただ、人前では言葉に気をつけてくれと頼んでるだけだ。ぼくたちがいちばん避けたいのは、必要以上に波風を立てることだ。彼らはすでに、あの抗議活動を全部ぼくらのせいにしようとしてる。

——エッソックの同胞が死にかけてるのを知ってたの？

——彼女に家族が残っていたとは知らなかったな。

——家族のことじゃなくて。故郷の星にいる人たちのことよ。彼らは死にかけてる。全員が。

——エッソックはここの生まれだ。

——ばかをいわないでよ、父さん。彼らならあの人たちを治せる、そうでしょう？　彼らならできる。ほんとに簡単にできるのに、評議会はやろうとしない。彼らは星ひとつを丸ごと見殺しにしようとしてる。

〔彼らには干渉を妨げる法律があるのよ、エヴァ〕

——ローズ、もうそのへんにしておいたほうがいいんじゃないかな。エヴァは……あの偉大なエックト主義に対しては厳しいんだ。ぼくはこの子の誕生日にけんかをしたくない。それにこれは全部、多かれ少なかれきみのせいなんだぞ。

〔わたしのせい？〕

——エヴァがそういう考えをすべてどこで仕入れたと思う？　ぼくからじゃないことはたし

かだ。

〈あなたはわたしが……〉

――いいや、そうは思ってない。きみは評議会が大好きだ。きみは――

〈わたしは別に――〉

――話はまだ終わってない。エヴァを無料食堂で働かせるよう、ぼくを説得したのはきみだ。あそこは腹を減らした異星人でいっぱいというだけじゃなくて、彼らのほとんどは食べさせなくちゃならない非合法な子どもを山ほど抱えてる。あのあたりは必ずしも、評議会にもっとも友好的な地域というわけじゃないんだよ。

〈気がつかなかったわ。ごめんなさい〉

――おいおい。持つことができる子どもの数を彼らに指示したのは、きみじゃないだろう。

〈エックトは子だくさんじゃないから。彼らはバランスを保とうとして――〉

――連中はあの人たちを根絶やしにしようとしてるのよ！

〔それは違うと……〕

――ちょっと待ってよ、ローズ！

――残念ながらこの件に関してはエヴァに分があるな、ローズ。これは政治的な見解じゃなくて、ただの数学の問題だよ。ひと組のカップルにつきひとりの子ども。もし彼らがぼくたちと同じように子どもをつくるなら、女性はふたり目を産めないからその人数は親世代の半分になっていく。もし決まりに従えば、あの人たちはここにはまったく存在しなくなるだろう。

――どうしてあいつらの肩ばかり持つの、ローズ？

〔別に肩を持ってるわけじゃ……そうかもしれない。わたしはただ、見かけほど単純なことじゃないと思ってるだけよ。彼らはその主義を帽子のなかから取り出したわけじゃない。その背後には歴史があり、理由がある。たしかに、もしかしたらなんらかの影響が――〕

——もしかしたら？

〔多少は不幸な影響が出ているけれど、エックトには不干渉主義だけでなく、ずっと多くの側面があるわ。彼らはわたしがこれまで見てきたなかで、いちばん純粋な民主主義に近いものを持ってる。電柱の色から医学研究の優先順位にいたるまで、なんでも投票で決めてる。ここの人たちはこれまでわたしたちがやってきたよりも、自分の人生の主導権を握っているわ〕

——オーケー、ローズ、もう充分だ。

〔わたしはただ……〕

——わかってる。わかってるよ。ちょっと話題を変えよう。

——この続きはふたりでどうぞ。またあとでね。

〔えっ？　どうして？〕

——エヴァ、冗談だろう！　おまえの誕生日なんだぞ！

――わたしの分のケーキは取っておいてね。

――エヴァ！　戻ってくるんだ！

〔ヴィンセント、ほんとうに残念だわ。なんていったらいいのかわからない〕

――いいんだ、ローズ。あの子は……あの子は……

〔あの子はなに？〕

――母親のいないティーンエイジャーさ。あの子はまわりの世界を理解しようとしてるところなんだ。それが自分の世界じゃないってだけでね。ここは……エヴァのいうことも当たってるんじゃないか？

〔どのあたりが？〕

――きみの言い方はちょっと洗脳されてるみたいだ。〝純粋な民主主義〟だって？

〈それに近いっていったのよ〉

——まあいい、さて、きみは物理学について知っている。もしぼくたちが正式にここで暮らしていれば、物理学に関わることにはなんにでも投票することを許されるだろう。もし虫に詳しければ、虫に関することに投票できる。特別な知識が必要ないありふれたことにも投票できる。でも自分にはなんのことだかわからないような重大な物事は別だ。

〈それのどこが悪いのかわからないけど〉

——だけどきみがなんのことだかわかっているかどうかは、誰が判断するんだ？

〈資格認定を任された委員会があるわ〉

——それでその委員会のメンバーを決めるのは誰なんだ？

〈委員会は自分たちでメンバーを選ぶの。彼らは……〉

——さあ、わかってきただろう。もしきみがオッスクに住んで適切な濃い黄褐色の肌をしていなければ、投票を許されるのはどこに木を植えるかということだけだ。ここの人たちは委員会やなんかに入ることは許されても、彼らにもっとも影響がある政策、異星人を先祖に持つ人々に関することはどれも、地元で投票が行われることはない。アキタストの最高評議会にエッソックみたいな見た目をしたものが誰かいると思うかい？　この先、現れることがあると思うかい？

〔システムが彼らにとって不利になるように操作されてる、といってるのね〕

——彼らはシステムが自分たちにとって不利になるように操作されてる、といってる。ぼくは彼らがそのシステムの一部でさえない、といってるんだ。とにかく有意義な意味ではね。彼らは民主主義の幻《まぼろし》を売りつけられてきた。そしてそれを買ったんだ！　実際それを受け入れた。システムを捨てることは望んでない。そこにより多くの代表を送れるよう求めてる。すべてが彼らを意図的に締め出すためにつくられていることに気づいてさえいない。要するにエックトは、ここに住むすべての異星人を排除するためだけに、無数の星々を支配していた帝国を丸ごと放棄したんだ。半異星人は計画に入ってさえいなかった。彼らはどっちつかずの存在だ。自転車専用道路のない町の自転車みたいなものさ。ここのシステムは彼らを考慮に入れて設計されたものじゃないんだ。

〔わたしは皇帝から権力を奪うというエックトの決断が、人種に関わるものだったとは思わないわ〕

――そうは思わないって？　あの話は聞いたよ。皇帝がなにかばかなことをしでかしたせいでぼこぼこにされたから、二度とそんなことが起こらないようにしたかったんだって。だけどほかの世界に干渉しないのと、見た目が自分たちとそっくりじゃないものは誰でも彼でも蹴り出すのとは大違いだ。これは完全に人種問題だよ。ここの人たちは、9・11後の人類をはるかにひどくしたみたいに怯《おび》え、エックト以外はなんでも、誰でも怖がりはじめたんだ。パワーアップしたポピュリズムだよ。あの人たちはこれにすべてを賭けてる。彼らは怖い人たち、政治的エリートを排除した。そうさ、中央政府を完全に排除したんだよ。

ファイル番号ＥＥ一〇九――エッサット・エックトで記録された個人ファイル

私的記録――エヴァ・レイエス

場所：エティアックト地域、割り当てられた住まい

わたしはもう終わったと思ってた。すんだことだといわれてたのに、それはまた起こった。わたしの幻は治まって、大きくなるにつれて見なくなるだろう、と彼らはいった。そしてそうなった。それから今度のことが起こった。わたしはエッソックと一緒にアプタクト市場にいた。特になにかを探していたわけではなく、あちこち嗅《か》ぎまわっていただけだ。いちばん変なものを見つけたほうの勝ち。よくやるゲームだけど、わたしは苦手だ。ものを見つけられないんじゃなくて、四年たっても――なんと、ほぼ五年よ――いまだに身の回りのものについて知らないから。誰かがこう叫んでいるところを想像してみて。歯ブラシを手に持って「ねえ！　こんなわけのわからないものがあるわよ！」といってるところを。それはたいていわたしだ。でもそのときは、自分が見つけたものがなんなのか正確に知っていた。わたしの靴下だ。自分の古い靴下――ここに着いたときに履いていた――がどういう経緯でこの市場に流れ着いたのかは、見当もつかなかった。両方とも穴が開いてしまって、はっきりとはわからないが二、三年前に

捨てたものだ。エッソックがいうには、わたしたち四人はある種の……有名人で、わたしたちに関係するものならほぼなんでも扱うマーケットがあるらしい。でも靴下を？　とにかくこれで、わたしの負けはなくなった。わたしがなにより妙だと思ったのは、それが前にはここになかったことだ。市場には毎日のようにきていたから、あれば自分の緑色の靴下に気づいていただろう。誰かがうちのゴミを引っかきまわして、わたしの臭い靴下を見つけていった。それから何度か持ち主が変わったのかもしれないが、いまの持ち主が誰だろうと自分のお宝を売るほど食べる物に困っていたか、何年かたってその靴下がそんなにたいしたものではなかったと気づいたかだ。わたしは靴下とはなにかをエッソックに説明しているところだった──わたしはひどく面白いと思ったのに、彼女は違った。そのとき、それが見えた。

何百体、ひょっとしたらそれ以上の巨大ロボットが、そろって町に向かって歩いていく……それは混沌《こんとん》とした光景だった。場所はこの星で、オッスクだったと思う。皇宮《こうぐう》が見えた……さらに何百、いや、何千という数のロボットが、ずらりと並んで彼らを待ちかまえていた。彼らは戦いはじめた。数え切れないほどのロボットがそろって撃ち合いをはじめた。それは目がまわりそうな光景だった。ひどく速い。ロボットたちはどこへともなく姿を消したかと思うと、敵の背後にふたたび現れた。ほんとうにたくさんの閃光《せんこう》が走り、まぶしすぎて見ていられないほどだった。それはしばらく続き、それからやんだ。

あたりは静かだった。空気は朝のように新鮮だ。わたしは戦闘が行われた場所に立っていた。町の半分が破壊されていた。蒸発していた。巨大ロボットたちが瓦礫《がれき》を見下ろして立っている。

彼らはいたるところにいた。あらゆる方向に地平線までずっと、その姿を見ることができた。人々が走っているのが見えた。わたしが見たのは――彼らはエックトではなく……彼らはエックトで、それから人間になった。超高速で交互に変化している。点滅するように。皇宮はまだそこにあった。でも一瞬、建物の輪郭が見えたような気がした。ここは違う高層ビル群だ。もしかしたらニューヨークかシカゴかもしれない。明らかに地球の女性がいて、ひどく怖がっていた。怯えていた。わたしもだ。彼女は片方の腕に赤ん坊を抱いて、できるだけ速くロボットから離れようと走っていた。こちらに向かってくる。そのままどんどん近づいてくると、最後に彼女はわたしのなかに駆けこんできた。わたしは自分の手を、脚を見た。わたしはエックトだった。そのときそれがやんだ。

エッソックが目の前にいて、わたしの肩を押さえていた。彼女の唇が動くのが見えたが、音は聞こえなかった。一秒か二秒たって、自分が絶叫しているのに気づいた。自分の名前が聞こえ、わたしは叫ぶのをやめた。わたしたちのまわりには……大勢の人たちがいた。市場じゅうの人たちが集まっていたと思う。エッソックが彼らに、わたしはアスカット・イェットオストのに怯えていて、そんなに大勢の人たちの前で派手に大騒ぎをしたにちがいないと思うと悔しかった。アスカット・イェットオストというふたつの単語を聞くと、彼らの顔つきが変わった。突然みんなが笑顔になった。ひとり残らず。笑顔でただ去っていく人たちもいれば、わたしに手を触れる人たちもいた。大丈夫だよ、お嬢ちゃん。心配ない。それはそんなふうに感じられた。きみはわたしたちの一員だ。一分後には全員が日常に戻っていた。いつもの用事に。

わたしの幻がいつ治まるかは誰にもわからない、とエッソックはいった。彼らは人間を、ましてや自分たちの子どものようにその幻を見るものを、見たことがなかった。でも彼女がいうには、それは大人の女性になることとなにか関係があるらしい。もしエッソックがいっているのがわたしの思っている意味なら――わたしは彼女の……体についても、ここに住むほかの誰の体についても知らない――幻は二年前に治まっているはずだ。わたしにはわからない。あれを見るのは今回で最後だといいのだが。それは学校を思い出させる。みんながわたしをじろじろ見ている。ラ・エヴィータ・ロカ（スペイン語で〝イカれたエヴィータ〟の意）。

今日は無料食堂にいくのは無理だ。イッティエッツに伝えてくれるよう、エッソックに頼んだ。きっと彼はわたしがいなくてもなんとかするだろう。わたしはしばらく横にならないと。

ファイル番号二一二〇

ニュース記事——アリゾナ・リパブリック紙、リズ・マコーマック記者

アリーナの銃乱射犯はA2だった

テンピ・アリーナ内で発砲し、警察によって射殺されるまでに九人を殺害、三十一人を負傷させたふたりの武装した男の検死報告が、本日発表された。彼らのバシル異種間指標はどちらも、A2という判定だった。

ジーン・ランドマンと息子のパトリックはふたりとも、「世を憂える市民会議」の活動的なメンバーだった。襲撃の直前にネットに投稿された動画のなかで彼らは、自分たちの行動は神の子らの保護に失敗した政府への復讐《ふくしゅう》であり、収容対象者を合衆国内のすべての非白人に広げることへの拒絶であると語っていた。

別の市民団体はこの報告に飛びつき、A2をより細かく監視できるように、少なくとも地方自治体への登録を求めるべきであると主張している。この検死報告が出されたのは、新しく政府の支援を受けた研究が犯罪行動とバシル指標の高さとの相関関係を立証した直後のことだった。

米国自由人権協会《ACLU》はただちにこの研究を自己充足的予言と呼び、研究者たちが用いたデータは法執行機関がほとんど存在せず、外部と連絡を取ろうとするような単純なことでも犯罪とみなされるような地域の収容所で集められたものであると述べている。彼らはまた、A2の権利を制限することを狙ったどのような手段もモラルに反するばかりでなく、彼らが人口の四十パーセント近くに相当する以上、非現実的であると論じた。

ホワイトハウス報道官アーベントロートは政府がこの検死報告に注目していると語ったが、単独の事件にもとづいて広範囲にわたる結論を引き出すことは戒めた。政権はセキュリティ対策をA2の人々にまで拡大することを除外しているのかという質問に対し、彼はこう答えた。

「現時点ではなにも検討対象から外されてはいません」

ファイル番号二一二一
私的記録——エヴァ・レイエス
（氏名不詳のロシア人と）
場所：ロシア、サンクトペテルブルクの隠れ家

——ムィ・ニェ・モージェム・セヴォードニャ・プチェシェーストヴァヴァチ。アニー・ナース・ブージュト・イスカーチ・ヴィエージェ。ムィ・モージェム・ズジェーシ・ナチェヴァーチ。エータ・ドーム・ドルーガ。ザーフトラ・ムィ・ウェズジャーエム・プロペールヴァム・ラスヴェーチェ。

——わたしがロシア語を話さないのは知ってるわよね？

——はい。チェベー・ナード・シシャース・スパーチ。ナイドゥ・ナム・マシーヌ・ナザーフトラ。

――知ってるけど、気にしてないだけ。

――はい。

――あなたの名前は？

――ボブ。

――ほんとに？

――いいえ。きみは眠るべき。

――どうしてわたしを助けるの？

――友だちの友だち。

――まるっきり意味がわからないわ。

――わたしの友だち、彼はきみの友だちの友だち。眠れ、エヴァ。

――待って。わたしの友だちって誰のこと？

――ドクター・フランクリン。

――ああ！　いいわ、それであなたの友だちは？

――彼の名前は知らない。

――いい友だち……

――彼はいいお話をする。

――それじゃあ……まあ、あなたが何者であるにせよ、あそこから連れ出してくれてありがとう。待って、それは地図？　見せて。わたしたちはどこへ向かってるの？　サンクトペテルブルクは……あった。わたしたちはここ、フィンランドへいきさえすればいい、そうでしょう？　そういうことよね？　車で二時間くらい？

――はい。でもわたしたちはフィンランドを通り抜ける。フィンランドはロシアの占領地。わたしはロシア連邦軍参謀本部情報総局《GRU》の書類を使ってヘルシンキへいく。そこの遺伝子研究センターにきみを連れていくと彼らに話す。ヘルシンキから先は……複雑。

――それはどういう意味？

――われわれはここ、トゥルクへいく必要がある。フェリーでオーランド自治県のマリエハムンへ。そこで別の船をつかまえて、スウェーデンへいく。

――どうしてそんなに遠回りをするの？　ヘルシンキで……どこだか行きの船に乗ればいいじゃない。

――ヘルシンキにはロシア軍が多すぎる。港の守りは厳重。フィンランド湾は厳重に守られてる。オーランドはずっと安全。

――この地図だと、そこはまだフィンランドなんでしょう？　同じくらい大勢のロシア人がいるんじゃないの？

——いいえ。オーランドはアフトノームナヤ・テリトーリヤ、自治領。軍はいない。ロシアはスウェーデン、ヨーロッパとの戦争は避ける、軍は送らない。それに、トゥルクまでは遠い。われわれがいくのは簡単。そのあときみは、いきたいところへいく。

——あなたは一緒にこないの？

——いかない。わたしはきみのお父さんのために戻る。

——だめよ。あなたがわたしを逃がしたことはばれてしまうわ。もうここでは、あなたは安全じゃない。

——お父さんを自由にしてほしくない？

——彼のためにもう一度命の危険を冒してほしくない、やめて。あの人は少しも危険にさらされていないと思う。彼のことは放っておいて。自分の面倒は見られるわ。

——きみにいるのは家族だけ。

——わかってる、ほんとよ。そこも問題なの。いまわたしにあるのは彼の血だけで、そのせいでみんなに追いまわされてる。それにわたしたちふたりが同じ場所にいないほうが、世界はずっと安全だと思うわ。

——セミヤー・エータ・テ・クトー・パジェルジャート・チェビャー・フトルードノイ・スィトゥアーツィイ。

——いまのはいったいどういう意味？

——うーん……厄介ごとが起こるとき、支えになるのは家族。お父さんとなにがある？

——ねえ、ボブ、あなたがしてくれたことには感謝してる。ほんとよ。でも、家族カウンセリングは省略できない？

——……

——だめ？　まったくもう。どのみちあなたには、わたしがいってることの半分はわからないわ。なにがあったのかわたしにはわからないの、ボブ。彼は……彼は変わってしまったっていうつもりだったけど、ほんとうにそうなのかはわからない。状況が変わったの。異星人たちがやってきたあと、あの人はわたしにとってすべてだった。わたしの全家族で、ただひとりの友だちだった。ちょっと、そんな哀れむような目で見ないでよ。さもないとその歯《ユア・ヨキッツ・ティース》をへし折るわよ。わたしたちには……泡があった。ふたりきりで過ごしたあの小さな泡が。そしてそのなかにいれば、わたしは安心だった。もしかしたらそれは、本来の使い方とは違ってたのかもしれないけど。それからわたしたちは別の世界へさっと連れ去られ、そして状況が変わった。わたしは……そこでは誰もわたしを知らなかった。わたしの幻、彼らは……どの種もみんなそれを見るの。わたしのいってることがわかる？　わたしはもう変わり者じゃなかった。誰もさっきのあなたみたいな目でわたしを見なかった。わたしは……ふつうじゃなかったけど、みんなもそうだった。くそっ、わたしは青い肌の女の子や二百歳近いやつとうろついてた。よその星のスラム街でそのはみ出し者連中を見つけて、なぜだかそこにうまく溶けこんだの。生まれて初めて居場所ができたのよ。父さん、彼はちっともわかってなかった。ひょっとしたらわかってたのかもしれない。誰にもわかりやしないわ。いまのは充分あなたに満足してもらえるくらい個人的な話だった？　なにか別の話をするっていうのはどう？

——いいえ。

――そうね、ほかになにを話せばいいのかわからないわ、ボブ。わたしたちのあいだに溝ができた。それだけよ。

――……

――地球を離れるまでずっと、わたしは自分のことを……不完全だって感じてた。出来損ないだって。父さんと一緒にいると自分が恵まれてる気がした。誰かがわたしみたいな人間をあんなに愛してくれるなんて、ほんとにほんとに《リアリー・ヨキッツ》幸運だって。そしてたしかにそうだった。わたしは幸運だったの。それがなんだか、たぶん時がたつうちに、父さんはそのことをわたしに思い出させる存在になりはじめた。以前わたしが自分のことをどんなふうに見ていたかを。どんなに不愉快で、醜くて、愛されるに値しない存在だって感じていたかをね。わたしはただ……もうそんなふうに感じたくなかった。

わたしたちは……どんどん意見が合わなくなっていった。その顔はなに？　わたしがわざわざ彼に逆らったと思ってるんでしょう？　ときどきはね。そうよ、わたしはばかじゃない、わかってるわ。ときには彼を怒らせるためだけに、わけもなく一歩も引かないこともあった。それでなんとなく勝ったみたいな気になってたの。ささやかな勝利ってわけ。父さんにくっついてまわってた頃は……もっと小さかったから。わたしは彼のそばにいるのをやめた。それからほんとうにめちゃくちゃな状況になって、それに対してなんの手も打てないうちに、わたしは父さんに無理やりここに引きずり戻されて、また怪物になってしまった。なんとガラス瓶に入れられたのよ。まるで……サーカスの余興に出される奇形の赤ん坊みたいに。奇形児《フォー・ヨキッツ・セイク》のホルマリン漬けってわけ。

――悪いやつ。

――誰が？　キャサリンのこと？　ええ、そうね、彼女は法律家よ。

――キャサリンは法律家じゃない。原子物理学者。

――えっ？　なんでわたしはびっくりしてるんだろう？　彼女がなにかを吹っ飛ばしてるところが目に浮かぶわ。子どもの頃、絶対にカエルに爆竹を突っこんでるわね。

――キャサリンはきみに悪いことをした。きみのお父さん――

――話を聞いてなかったの？　父さんはわたしから故郷を取り上げたのよ！

――セミヤー・アスナチャーイェト、シトー・ニクトー・ニェアスタニェーツャ・パザーディ・イーリ・ブージェト・ザーヴィチ。

――それもロシアのことわざなんでしょうね。

――家族の意味は、誰も置き去りにしたり忘れたりできないもの。

――わたしは置いていってほしかった。わたしが望んだのはそれだけ。そんなに贅沢《ぜいたく》な頼みだった？　わたしは幸せだった。どうして父さんはわたしを幸せなままにしておけなかったの？　こんなことをする必要はなかったのに。わたしの友だちを引きずりこむ必要は絶対になかった。あの人は彼の頭に銃を突きつけて誘拐したのよ。このことに対することわざはある？　プロムの夜にわたしを外出禁止にしたんじゃない。わたしのいちばんの友だちを殺したの。弁解の余地はないわ。そう……やり直しはきかない。なかったことにはできないのよ。

ファイル番号二一二三
駐露米国大使ダニエル・モエンチからロシア外務大臣に宛てた書簡

合衆国政府はロシア連邦と友好的な理解に達したいという純粋な思いに駆られ、九月十日——テーミスとして知られる装置がロシアとアメリカの関係を発展させるためにエストニアに現れた日——以降、最大限の誠意を持って交渉を続けてまいりました。われわれが最大限の誠意を持ってそうしてきたのは、われら二国が力を合わせることで世界平和の実現に貢献できるかもしれないからであります。

そうした考えから、以下の点を繰り返すことは私にとって名誉であり、義務でもあります。

一、世界平和の促進は合衆国政府の不変の方針であり、われわれはその方針に従って好戦的な騒ぎの拡大を阻止するために、一貫して最大限の努力を払ってまいりました。

二、国連地球防衛隊《EDC》が解散したあと、われわれはテーミスとして知られる機械の所有権に関し、国際法の確立された原則にもとづいて主張してまいりました。今日にいたるまでロシア連邦政府は公認の裁判所においても、国連における適切な行政手続きを通じても、これらの主張に対して異議を申し立てておられません。合衆国政府は、この九年間なんの訴えも起こされなかったことを、ロシア連邦政府側の暗黙の同意とみなしております。

三、拘束者の氏名と拘束の理由を適切に通知することなしに外国人を拘束することは、われわれ両国政府がともに加盟している領事関係に関するウィーン条約の第三十六条に違反します。

四、合衆国政府はただちにその所有物と、それが再出現した際に当該所有物の内部にいたすべてのアメリカ国民をただちに返還するよう求めます。

前述の事実と、われわれの合理的かつ正当な要請を貴国政府が拒否しつづけておられることを考慮し、私は合衆国政府の名においてロシア連邦政府にこう通知するよう指示されております。すなわち九月二十二日の真夜中までにこの要請に応じられなかった場合、それは侵略的行為とみなされ、それゆえわれら二国間には戦争状態が存在すると考えられることになるでしょう。

心より敬意を込めて

ダニエル・モエンチ拝

ファイル番号二一二四
GRU、キャサリン・レベデフ少佐とローズ・フランクリン博士の対話
場所：ロシア、サンクトペテルブルク、GRUビル

――だからね、ドクター・フランクリン、ヴィンセントは……エックトが戻ってくることはないだろうっていうの。

――彼のいうとおりだと思うわ。彼らがすでにやってしまった以上に干渉したがることはないでしょう。前回の訪問はエックトの世界に混乱を引き起こした。彼らが同じ過ちを犯すことは当分ないと信じて大丈夫よ。

――混乱？　いままで誰からもそんな話は聞いてないわよ。いったいなにを隠してるの？

――もしかしたら混乱という言葉は適当じゃないかもしれない。動揺。いいえ、それだと

――

——動揺は混乱よりはるかにましってほどじゃないわね。

——もっといい言葉を選ぶのはあなたに任せるわ。彼らは……多くの人たちはここにくるという決定に反対だったの。それは彼らの主義に反してる。事態が……悪化したあと——

——悪化ですって？　一億人が死んだのに、あなたはそれを悪化というのね。混乱がどんなものか、わたしにはまるで想像がつかないわ。

——エックトは平和的な種族なの。ほとんど欠点といえるほどに。彼らは暴力にうまく対処できない。抗議行動があって——

——抗議行動って、どんな？

——あなたが思ってるようなものじゃないわ。徹夜の座りこみ、手紙。大量の手紙よ。ここでは人々はありとあらゆることに抗議するから当たり前のことだろうけど、向こうではその手のことは起こらないの。あれは大事件だった。彼らが同じ過ちを繰り返すことはないわ、絶対よ。

——だからわたしは——地球上の全員は——安心していい。なぜって彼らには主義があるから。

——彼らはそれをとても重要視するの。あなたもいつか試してみるべきね。

——不干渉ねえ。それはいったいどういう意味なの？　わたしたちは常に干渉してる。わたしはいままさに、あなたの一日に干渉してるわ。

——自然の成り行きに任せる、という意味だといえるかもしれない……これならそれほど異常には聞こえないわね。わたしたちが自然を思いどおりにしようとしたときになにが起こったか、考えてごらんなさいよ。

——なにが起こったの？　知ってて当然みたいな感じだけど。

——実のところいいこともあるけど、ときどきかなり悪いことも起こっているわ。

——たとえば？

——さあ、そうねえ。海上油田による汚染。アフリカ蜂化蜜蜂《キラービー》。

——わたしたちがキラービーをつくったの？

——そうよ。彼らは蜂蜜の生産量を増やすはずだったの。

——どうかしてるわ。蜂なんか大嫌い。だけど、そんなことをいわれてもわたしがおおいに安心できない理由は、理解できるでしょう。

——もしわたしがあなたの立場なら——わたしが見てきたものを見ていなければ——わたしも懐疑的だったでしょうね。

——あなたならわかってくれると思ったわ。わたしたち、あなたとわたしは気が合う感じがするの。そう思わない？　だいたい同い年だし。姉妹みたいになれるかもしれない。ねえ、そうだったら面白いと思わない？

——……

――いいわ、姉妹とはいかないかもしれないけど、ほら、友だちよ！　わたしたちはおしゃべりできる、おたがいに助け合える。いまのわたしはひどくめんどくさい女に思えるわよね？　でも、友だちってそういうものでしょう？　おたがいに助け合うじゃない。わたしはきっとあなたにも友だちが必要だと思うの。

――友だちならいるわ。あなたは彼を隣の部屋に閉じこめてる。

――そうそう、ヴィンセントがテーミスを使ってわたしたちに協力するのを……渋ってることは、きっと知ってるわよね。

――彼があなたたちのために人々を脅かしながら世界じゅうを巡ることは、絶対にないでしょうね。もしそれがあなたの考えていることなら。

――人々を脅かしながら？　どうしてあなたはいつも最悪のことを想定するの？　ああ、それからついでにいうと、どうしてみんな、わたしがあなたたちを閉じこめてるっていいつづけるの？　ドアに鍵はかかってないのに。そうよ！　あなたの口ぶりだと、わたしは「101匹わんちゃん」のクルエラ・ド・ヴィルみたいだわ。毛皮のコートにするために子犬を追いかけまわしたりしてないのに。わたしはただ……みんなに仲良くやってほしいだけ。どこまで話したかしら？　ああ、そうだ、ヴィンセントね。あなたがいったように、彼は協力したがらないの。

——わたしも協力したくない。

——うーん……あなたの動機づけにはあとで取り組めるわ。あなたにはぜひ、別のパイロットを見つけるのに協力してもらいたいの。あのイカれた博士がアメリカ人のためにつくったみたいな、テストかなにかをつくってほしいのよ。ほら、なにしろ前はパイロットの一団を抱えてたのに、いまはいないから。でも、それに取りかかるのはあとにしましょう。わたしがいいたいのはいま、今日、ちょっと彼の助けが必要だってことなの。

——なぜいまなの？

——尋ねてくれて嬉しいわ。要するにおたくの政府——アメリカ政府——が、あなたたちがここにいることを喜んでいないのよ。たぶん捕虜になっていると思ってるんでしょうけど、問題はそこじゃない。彼らがおもに不満に思ってるのは、テーミスがここにあることよ。ほんとに気に入らなくて、超むかついてるみたいなの。彼女を手放すよう求めてきたわ。あなたたちのことも。最初は丁重に頼んできたけど、いまは……それほどじゃないわね。

——わたしたちを彼らに引き渡せばいいだけじゃないの。

——面白いことをいうのね。気に入ったわ。とにかく……そうはならないでしょう。彼ら、わたしの上司たちは、あなたたちを引き渡すくらいなら退場させるわ。

——つまり、殺すだろうと。

——退場といったほうがずっと聞こえがいいわ。でもそうよ、そのあとあなたたちは、もう生きていないでしょう。わたしたちがテーミスをどうするかはわからないけど。わたしたちは彼女を撃つわけにはいかない。手放すつもりもない。じゃあどうなるかはわかるでしょう？すでにわたしたちが持っている潜水艦はすべて、アメリカ沿岸に接近中。中国は昨日、全艦隊を派遣したわ。アメリカも六時間前に所有する潜水艦をすべて展開させたから、途中で彼らと衝突することになるかもしれない。いまなにもかもが水のなかで起こってるなんて、滑稽よね。

——どうしてそうなるの？

――わたしたちはどこへも部隊を派遣できない。あっというまにラペトゥスに排除されてしまうでしょう。わたしたちが持っているもののなかで、唯一あれが手を出せないのは潜水艦なの。問題は、潜水艦が役に立つことはひとつしかないってこと。誰にも見えないからたいして威嚇になるわけじゃないし、彼らが抑止力を発揮するには、こちらがいつでも発射ボタンを押す用意があると相手に信じさせる必要がある。

――そのつもりなの？

――ええ、そうよ。わたしたちは俗にいう、オールインした状態なの！　いうんでしょう？　そんなふうに？　わたしはポーカーはやらないけど……ほら、こっちにはミサイルを発射する気はないけど相手がそう思っているなら、好都合。最悪なのは？　最悪なのは、こっちが攻撃する気なのに向こうはそう思ってないときよ。いまわたしたちはどういう状況に置かれてると思う？　このままじゃろくなことにならないわ。あなたはこう考える。やった！　アメリカが助けにきてくれた！　そして頭を撃たれる。それから……それから核弾頭の雨が降る。パッ！　あっけないものよ。どう見てもついてない日だわ。

――わたしにはなんといったらいいのかわからない。それをどうやって食い止めればいいのかわからないわ。

——わたしにはわかるの！　そう思ってる。いいえ、ほんとうにわかってるのよ。でも、ヴィンセントを説得するにはあなたの助けが必要になると……

ファイル番号二一二七
任務記録――アメリカ海兵隊機械化師団、ボディ・ハフ大尉とバーバラ・ボール中尉
場所：スウェーデン、ストックホルム近郊。ムスコ海軍基地、ラペトゥスの内部

――ロボット二体だぞ、バーバラ。おれたちはロボットを二体手にすることになるんだ。それがどういうことかわかってるよな？

――向こうが大人しくテーミスを引き渡すか、怪しいものだと思うけど。

――もし連中が吹き飛ば……なんだか知らないがおれたちがやろうとしてることをされたくなかったら、そうしたほうがいいだろうな。きみは質問に答えてないぞ。

――どんな質問だった？

――それがどういうことかわかるか？　ロボットが二体。つまりは任務が倍になるってこと

ていいんだよ。

だ。交替はなし。もうベンソンとスミスがいい思いをしてるあいだ、自分の部屋で座ってなく

——いい思いって？

——撃たれたのはあいつらだけだ。おれたちの相手はいつも降伏する。なにをこんなに手間取ってるんだ？

——脚のボルトを何本か交換してるのよ。時間はあるわ。

——二分だ。きみはどっちがいい？

——どっちって？

——もしおれたちが常時ロボットを割り当てられるなら、きみはどっちがいい？

——わたしはテーミスがいいわ。

——それはきみが女の子だからだろう。おれはこいつがいい。こっちのほうが大きいからな。

——彼は義足をつけてる。いまわたしのことを女の子っていった？

——こいつは海賊みたいじゃないか！　おれはこっちがほしい。それに腕もな。

——操縦するのがいやなの？

——おれは物を撃つほうがいい。

——ボタンを押すのはあなたでしょう。わたしは腕を持ち上げるだけ。とにかくわたしはかまわない。脚を引き受けるわ。

——よし。話は決まった。それが道理ってもんだろう。おれは大尉だ。指揮系統上きみより上なんだから、こいつのなかでもきみより高いところにいるべきだ。

——本気でいってるの？　それが気に入らないって？　わたしがあなたより九十センチほど高いところに立ってるのが我慢できないっていうのね？　もしここに上がってくれれば、わたしはあなたの前にいることになるのよ。わたしがあなたの前にいるのは問題ないのね。

——ああ。おれのほうが上にいるからな。

——あなたは大尉だから。

〔ラペトゥス、こちら司令部。動く用意はいいか？〕

——ええ。われわれの足から整備士をどけてくれさえすれば、いつでもいけます。

〔彼らはいま退避しているところだ。二度のジャンプ移動に備えろ。七十九度一分に方向転換〕

——了解。もぞもぞ、と。

——大丈夫？

——ああ、ちょっとばかり……

〈ラペトゥス、なにをもたもたしてるんだ？　われわれには予定があるんだぞ〉

――ちょっと待ってください。分の単位がぴったり合わないだけなんです。何回やっても〇から四に飛んでしまう。

――あなたは足でまわろうとしてる。

――おれに尻でまわれっていうのか？　これまでもこうしてたんだよ、中尉。

――そういう意味でいったんじゃないわ。足を正確に動かすのは難しい。いったん度まで合わせたら、足はそのままにして頭を進みたいほうに少しまわすの。そして一方の脚からもう片方の脚に体重を移動させるだけでいい。この大男は向きを変えてるはずよ。

――やった！　きみのいうとおりだ！　七十九度一分二秒。

〈計算中。ラペトゥス。入力しろ。距離単位：九十八。八進法で１４２〉

——了解。1、4、2。

〔距離：三百六十六。八進法で556〕

——5、5、6。発進。さあて、われわれは水のなかです。

〔いいぞ、ラペトゥス。そこはフィンランド湾だ。きみたちはサンクトペテルブルクから百四十キロほどのところにいる。第二の針路：八十九度七分〕

——いまやってます……セット完了。八十九度七分十二秒。

〔了解。距離単位を三十二にセット。40だ。繰り返す。4、0。距離：二百八十六。八進法で436〕

——確認を。4、0。距離：4、3、6。

〔確認した。これできみたちは、宮殿広場の真ん中に出るはずだ〕

――用意はいいか、中尉？

――いいえ、でも、これ以上よくなることはないでしょうね。

――さあ、いくぞ……こいつは？　司令部、こちらラペトゥス。いまの座標は少しずれていたようです。広場は見える、われわれはその真正面にいますが、城かなにかの一部を踏みつぶしてしまいました。

〔すまない、ラペトゥス。衛星できみたちをとらえている。きみたちがいるのは……きみたちはエルミタージュ美術館の上に立っているな〕

――なんてことを！

――落ち着けよ、中尉。こういうこともあるさ。

――いいえ、ボディ。エルミタージュをぺしゃんこにするなんて、たまたまじゃすまないわ。

――司令部。われわれは現場に着きました。正面に大きな黄色い建物があります。

〔了解、ラペトゥス。エルミタージュの新館。それがきみたちのターゲットだ。じっとしてろ。いまわれわれは大使と話をしているところだ〕

——あれを見てよ！

——ああ、クールだな。あと数分でただの穴ぼこになっちまうとは、残念なことだ。

——彼らがこの窮地を脱する外交的手段を見つけるかもしれないでしょう。

——ああ、そうだな。テーミスはどこにも見えないぞ。

——司令部はどこか地下にあると考えてる。

——……

——ブリーフィングメモにあったでしょう？

――中尉？

――なに？

――口を閉じてろ。

――あなたはいまなにが起こってるか少しでもわかってるの、ボディ？　いまどんなにまずいことになってるか、わかってる？

――誰もおれたちに手出しはできないさ。

――そうよ、ボディ。わたしたちはここにいる。ほかのみんなはいない。もしこれがうまくいかなかったら、彼らはおしまいなの。

――まあ、向こうが望んだことだからな。おれたちは連中に最後通牒《つうちょう》を突きつけたわけだ。

――わたしがいってるのはここのことじゃないわ、ばかね。あらゆる場所のこと。故郷のことよ、ボディ！　故郷！　あなたのお母さん、あなたの友だちのことをいってるの。

――きみはいつもそんなにおしゃべりなのか？

――なんですって？　あなたはまずいことを考えたくないから、そんなものは存在しないふりをしてるんでしょう？　現実はね、あなたが気にしようがしまいが屁とも思わないのよ。それはまだそこにあるの。

――おれにどうしてほしいんだ、中尉？　いってみろよ。おれにどうしてほしい？

――誰かがこんなイカれたことは止めなくちゃ、ボディ。誰かが止めないと。

――まあ、それはおれじゃないな。それに絶対きみでもない。だったらこんな話をしてなんになる？

〔ラペトゥス、こちら司令部。現在二三：五八。二分以内の発射に備えよ〕

――ほんとうにやるんですか、司令部？　連中にもっと時間をやるべきかもしれませんよ。

〔それはできない、ラペトゥス。攻撃命令を待て〕

——了解、司令部。待機します。

——やめて、ボディ。

——きみはなにをいってるんだ、中尉？　直接の命令に背いてはどうかと提案してるのか？

——そんなことは——

——そんなふうに聞こえたもんでね。

——わたしがいってるのは、自分の意に反することはなにもやらなくていいってことよ、ボディ。

——おれたちは面倒なことになるっていうのか？

——面倒なことはないわ、ボディ。いまから四十五秒後にあなたが、第三次世界大戦をはじめることになるってだけのことよ。わたしたちが。全軍が、じゃない。五万人の兵士が、じゃない。あなたとわたしがよ。いまわたしは、ひょっとするとあなたはそのことで良心の呵責《かしゃく》を感じたくないんじゃないかと思ってるの。このでかいのが現れたとき、どんなに大勢の人が死んだか覚えてる？　わたしたちはまた同じことをやろうとしてる。あなたとわたしは。あなたとわたしよ、ボディ。ちょっと、銃を向けるなんてよしてよ。わたしのいったことが聞こえた？　銃をホルスターにしまいなさい、大尉。

——司令部、われわれは少々——くそっ、なんてこった！

〔ラペトゥス、こちら司令部。いまなんといった？〕

——テーミスです！　たったいま目の前に現れました。

ファイル番号二一二八
ヴィンセント・クーチャーによる声明放送
場所：サンクトペテルブルク、テーミスの内部

やあ、みんな。ぼくの名前はヴィンセント・クーチャー。ぼくは短い声明を用意した。もし差し支えなければ、いまからそれを読ませてもらおうと思う。さあ、はじめるぞ。

アメリカ政府、そして目の前の異星人のマシンを操縦してる女性、もしくは男性へ。ぼくはテーミスのなかにいる。このテーミスや、いまぼくが見ているロボットがつくられた異星人の星から、最近帰ってきた。ぼくはその星の住人たちによって、ユージーン・ゴヴェンダー准《じゅん》将《しょう》、ローズ・フランクリン博士、それにぼくの生物学上の娘であるエヴァ・レイエスとともにそこへ運ばれたんだ。

聞くところによると、きみたちはぼくらの即時解放を求め、もしその要求がただちに受け入れられなければ、ぼくの後ろにある政府の建物を、なかにいる全員もろとも破壊すると脅しているそうだな。きみたちが取り返しのつかないことをする前に、それが意味することをすべてはっきりさせておこう。きみたちはロシア連邦に宣戦布告をすることになる。彼らは……持

てるかぎりのものを使って報復するだろう。さて、きみたちがこう考えているかもしれないことはわかっている。ロシアはこの件を巡って核戦争をはじめるつもりはないだろう。彼らも同じかそれ以上に激しい報復攻撃を受けることになるのだから。常識が勝つはずだ、と。それは間違いだ。ぼくを信じないって？　ロシアの戦車の大群がホワイトハウスを瓦礫の山に変えるところを想像してみるといい。自分たちだったらこんなふうに思うか？　まあいい、この件は大目に見てやろう、って。彼らは報復するだろう。だからほんとうの問題は、この件を巡ってきみたちがどれだけの人々を殺すつもりでいるか、ということになる。なぜならそれは、数百、数千、数万、あるいは数十万ではすまないからだ。

さて、きみたちの要求について話そう。

第一にきみたちは、ゴヴェンダー准将がぼくらと一緒に帰還していないことを知っておくべきだな。彼は四年前に異星で亡くなったから、きみたちが取り戻す対象にはならない。ぼくの娘、エヴァ・レイエスについていえば、彼女はもうここにはいない。ぼくもロシア当局も彼女の居場所は知らないが、おそらくアメリカへ向かっているところだろう。

第二に、ローズ・フランクリン博士とぼくは、けっして捕虜にされていたわけではない。救出しなくてはと思ってもらったことには感謝するが、その必要はない。ぼくたちはロシア連邦の客人であり、到着して以来そのように扱われている。しかしこの緊迫した状況を考慮して、ドクター・フランクリンは合衆国に戻ることに同意しており、すでにアメリカの保護下にあるはずだ。

残るはぼくだ。思い出してもらいたいのだがぼくはアメリカ人ではないから、解放を迫るきみたちの要求は感動的ではあっても根拠がない。きみたちがカナダ政府に正式な要請を出させることができるのは間違いないだろうが、その手間を省いてやろう。ぼくはとどまることを選ぶ。少しの誤解もないように、もう一度いわせてほしい。ぼくは自分の意志でここにいるし、ここに残ることを選ぶ。きみたちの助けは必要ない。ぼくを力ずくで移動させるいかなる試みも、誘拐に等しいことになるだろう。

さて、メインディッシュについてだが、きみたちはテーミスを手に入れることもない。ぼくは彼女を操縦して他国の侵略からロシア連邦を守ることに同意している。もはやその必要性を感じなくなるまでだ。この合意はぼくの自由意志によってなされたものだ。ぼくにはロシア人の副パイロットが割り当てられていて、いまテーミスは完全に操縦可能だ。ぼくたちにはそちらのロボットと交戦する用意があるし、六十秒たってもそれがまだここにあるなら、そういうことになるだろう。そうした戦いがどういう結果になるかはわからないが、きっときみたちは過去にぼくがそうしたロボットの一体を無力化したことを、知っているだろう。実際、いま生きている人間でそうしたロボットと戦って勝利したことがあるのは、ぼくだけだ。そのことを念頭に置いて、きみたちがぼくの決意を試すことがないよう切に願う。

これできみたちの要求は片づいたから、今度はぼくの要求について話そう。そう、こっちにも少しあるんだ。ぼくはアメリカがいっさいの軍隊をカナダから引きあげることを要求する。ぼくは……ぼくは母国の統治権が完全に、そしてただちに回復されることを要求する。ぼくはカナダ議会の開催が認められるよう望む。ぼくはもう、きみたちがそのロボットでみなを脅すのを黙って見ているつもりはない。それはそんなことのためにつくられたんじゃない。平和をもたらすための道具になるはずのものなんだ。ぼくはEDCを復活させたい。物事を元の状態に戻したい。いまぼくは世界平和を求めたのか？　そう、そのようだ。だからきみたちがそれを果たすまで、ぼくに手を出すな。

ああ、そうそう、きみたちにこう伝えてくれとも頼まれてるんだ。念のため核弾頭を満載したロシアと中国の潜水艦が、現在北アメリカへ向かっている。だがきみたちはもう知ってたな。となると……あとはきみたち次第だ。なんなら最初の一発をそちらに譲ってもいい。ぼくたちがまた起き上がらないかたしかめるんだな。

ぼくがいいたいのはそれだけだ。こちらはヴィンセント・クーチャー。通信終了。

……

……

……

ああ、ありがたい！　見ろよ。やったぞ。彼らはもういなくなった。銃を下ろしていいぞ。

キャサリン、きみの部下に銃を下ろすようにいってくれ。頼むよ。

〔ああ、ごめんなさい。わたしはちょっと……わお！　ありがとう、ヴィンセント。よくやったわ！　あなたならやれるってわかってた。あの〝ぼくは要求する〟っていう最後のつけ足しは、なんだったの？　あなたがしゃべる内容については合意してたと思ったけど〉

ちょっとしたアドリブさ。なにかもっと個人的な要求を入れたほうが、説得力が増すと思ったんだ。悪気はないけど、ぼくが〝ロシア連邦の防衛に協力〟しなくちゃならない理由がなにかあるか？

〈ちょっと、わたしは文句をいってるわけじゃないのよ。あなたはすごかったわ。怖かった？　わたしは怖かった。もうちょっとで漏らしそうだったわ。その場にいもしなかったのに。ふう。一杯やらなくちゃ！〉

もし向こうが攻撃してきたらどうするつもりだったんだ？　こっちには降伏する以外に選択肢はなかったんだぞ。

〈あなたは反撃できたでしょう！　テーミスを消すとかなんとかして逃げることもできた。そうじゃない？　その兵士はもしあなたが失敗したら撃つよう命じられていたんだから、そうであることを願うわ〉

ぼくを撃つってどうやって？　彼はそこにつっ立ってるだけだ。あのロボットに一発食らったら、ゴムボールみたいにそこらじゅうを跳ねまわることになってただろうな。

〔きっと彼は、いまそれを聞いて喜んでるでしょうね〕

反撃なんて無理だよ、キャサリン。パイロットがもうひとりいなければ腕を動かすこともできないんだぞ！　脱出するのも、カーラとぼくがやったみたいな戦闘中には無理だ。相手にかまっているあいだは、テーミスは自分を転送しようとはしない。エネルギーフィールドの関係かなにかでね。

〔ちょっと、そんなに悲観的にならないでよ、ヴィンセント！　あなたは勝ったのよ！〕

はったりをかけて向こうがひっかかってくれたが、いつまで通用することか。ぼくひとりでテーミスを操縦することはできないんだ。

〔だったら副パイロットを見つけたほうがよさそうね〕

どうやって？

〈わたしにひとつ考えがあるの！　そうよ、それにもうひとつ！　まったくどうかしてるわ。なにもアイディアが浮かばないと思ってたら、いきなり湧いてくるなんて！　立て続けにふたつも〉

ファイル番号EE一四九――エッサット・エックトで記録された個人ファイル
ヴィンセント・クーチャーとユージーン・ゴヴェンダー准将の対話
場所：エティアック卜地域、割り当てられた住まい

――くそっ、クーチャー！　わたしはまだ死んではおらんぞ。

――なんといえばいいのかわかりませんよ。彼らは教えてくれたんですか？

――まあ、きみの友だちのオップトなんとかが話してくれたが、わたしには彼のいうことがさっぱり理解できん。細胞が制御不能になってるとかなんとか。

――癌《がん》ですか？

――そんなふうに聞こえたな。

——ぼくが彼に尋ねてみます。

——なぜだ？　わたしは相変わらず死にかけている。なにに命を奪われかけているのか知ったところで、なんの違いがある？

——彼らには治療できるかもしれません。

——もしこれがなにかわたしが知っていたら、治療できる可能性が増すと思うか？　それにもう彼からは、治療は可能だといわれてる。彼らにそのつもりがないだけだ。

——なんですって？

——聞こえただろう。彼の話では、連中はそれを望まないと——

——干渉を。

——そういうことだ。誓っていうが、もしそのいまいましい言葉をもう一度聞いたらわたしは死ぬぞ。

——笑いごとじゃありませんよ、准将。ぼくが彼に話しましょう。ひょっとしたら——

——なに？　あいつの気持ちを変える？　彼がその手の判断を下す立場にあるとは思えんな。そういう立場の連中はきみがなにをいおうと気にもしないことは、わかっているさ。それにいまのは笑うところだったんだぞ！　椅子から転げ落ちるほどではなかったかもしれんが、礼儀正しく笑う程度にはな。

——ぼくは真面目にいってるんですよ、准将。きっと彼らを説得する方法があるはずです。必ずありますよ。ローズが科学者を何人か知ってますから——

——彼女にはなにもできんさ。それはわかってるだろう。彼らが干渉したくないといえば、そのばかなことを本気でいってるんだ。

——しかし評議会が。もし彼らがぼくたちを部分的にエックトだと決定すれば？　そうすれば彼らはあなたを治療しなくてはならないでしょう。

——そもそもその議論のせいで、われわれはこの星に足止めされているんだ。もしそれがさらに長くなった余生をここで過ごすという意味なら、わたしは治療されたくない。きみたちもここから離れられなくなるぞ。

——ぼくたちはいずれその橋を渡って——

——そんな橋などくそ食らえだ、クーチャー。われわれはまったく渡っていないじゃないか。

——渡ろうとすることはできます！

——くそったれが！　わたしの話を聞くんだ！　わたしは救われたくないんだよ！　連中のむかつく治療を受けたくないから、きみにはなにもしてほしくない。

——あなたを死なせるつもりはありませんよ。

——きみに許可してもらう必要はないんだ、若いの。わたしは准将だ。わたしはここにうんざりしてる。わたしは疲れた、以上。わたしは七十一だ。もういいだろう。

——……

——なんだ？　自分が逝くことを残念がっていると思うのか？　これだけの経験をしてきたあとで、まだ死ぬまでにやっておきたいことのリストがあると？

——故郷に帰りたくないんですか？

——わたしの望みは……わたしの望みは、古びた家でひとりきりで暮らすことだ。湖か川のそばにある、こぢんまりした、鳥の声を聞きながらポーチに座ってコーヒーを飲めるような家でな。訪ねてくるものは誰もなく、残りの人生を戦争やら異星人やら、それに関わることはいっさい耳にせずに暮らす。そんな暮らしが手に入ると思うか？

——いいえ、無理でしょうね。

——だったら答えはノーだ。わたしはこのままでかまわない。

——すみません。

——なにがすまないんだ？　きみが癌を治せないから謝っているのか？　それとも世界をわ

たしが望むようなものにできないからか？　どちらにせよ、自分にはどうしようもないことで申し訳なく思ったりするものじゃない。胃潰瘍《いかいよう》になるだけだぞ。何事にも手は抜くな。ワインをたくさん飲め。わたしにいえる金言は、おおかたこんなものだろう。きみの娘はどうしてる？

——うまくやってますよ。ぼくたち三人よりうまくやってるのはたしかです。アルバイトをしてるんです。あの子は十五で、アルバイトをしてる。家のほうは……家ではちょっと大変なこともありますけどね。ひとつには、ぼくはほんとうに教師として最悪なんです。課題をつくったりするのはローズが手伝ってくれてます。ぼくなりにがんばってるんですよ。あの子が十歳の頃はずっと簡単でした。できるだけエヴァの好きなものを教材にしようと——もうリンゴやパイはクールじゃないんです——してますが、最近のあの子の好みはぼくたちには見当もつかないことは、まあはっきりしてますね。

——リンゴやパイ？

——ほら。ここにリンゴがふたつあって、十一人のお友だちがいます。ひとりが食べられる量は、どれだけになるでしょう？

——少しも。そいつらはなにも食べられない。わたしは五年間リンゴを食べてないんだ。そのために必要とあれば、十一人のガキどもだって撃ち殺してやる。

——あの子の教師役はあなたがやるべきなのかもしれませんね。

——いままでそうしてきたさ。

——いったいなんの話をしてるんです？

——おいおい、クーチャー！　自分の子どもに注意を払え。あの子がやってるアルバイトは、フルタイムではなくパートタイムだ。残りの半日はあの若い近衛兵見習いと、よく知らんが無料食堂の老人、それに例のきみの青い友だちと過ごしているんだぞ。

——エッソックのことですか？　どうしてそんなにいろいろ知ってるんです？

——わたしは占いをやるんだ……あの子から聞いたに決まってるだろう！　もし注意を払っていれば、きみにも話したかもしれんな。あの子は毎朝うちに寄っていく。たいていは市場で手に入れたイエスケタッツを少し持ってきてくれるんだ。

——あの赤いジュースが好きなんですか？

——ああ、そうとも。

——ぼくには甘すぎますよ。

——われわれは話をし、わたしはあの子にいろいろと教えてやる。

——なんの話をするんですか？

——あの子が学びたがることはなんでもだ。軍事戦略が気に入ってるな。

——エヴァに戦い方を教えてるんですか？

——わたしがカンフー・マスターに見えるか？　靴ひもを結んだら息切れするというのに。そうじゃない！　戦略だ！　古典的なやつさ。金床《かなとこ》戦術、斜行戦術、電撃戦、側面攻撃——あの子はそういうのが好きなんだ。われわれは豆や石を使って有名な戦闘を再現してる。あの子には天賦の才があるぞ。知識はないが、大変な天分を持っている。

——知りませんでした。

——それはわかっている。きみはなにもかも〝ふつう〟にし、あの子を故郷に帰ったような気分にさせようとするのに忙しすぎて、ここでなにが起こっているかに気づいておらん。若いの、きみにニュースがある、ここは故郷ではないんだ。ふつうのことなどなにもない。

——ぼくの望みはただ——

——きみの望みは知ってるさ！　それが叶う様子はないな。ひょっとするとなにか別のことを望みはじめる潮時かもしれんぞ。

——自分がなにをするべきかわからないんです。

——きみはなにもするべきことにはなっておらんぞ、クーチャー。自分で決めるんだ。どうすればいいかわからないというなら、そうだな、ひとつ提案がある。ぼやぼやしてないで、あの子をきみたちの故郷へ連れて帰れ！

――評議会がぼくたちの処遇を決定するかもしれないし――

――評議会だと？　きみは五年も連中に待たされてきたんじゃないか！　彼らがわれわれに協力することはないだろう。その鈍い頭で理解するのにどれだけかかるんだ？　エヴァはいま十五歳だ、クーチャー。十五だぞ。彼女が三十になるまで待つつもりか？　あの子をここから引き離せ。われわれはここではよそ者なんだ。あの子はな。

――ぼくにはなにを――

――ぼくにはなにをするべきかわからない……ここではこだまが返ってくるのか？　うぇーん。故郷への道を見つけて、それをつかむんだ。友だちをつくれといっただろう。きみはほとんど家から出ない。自分の鼻の先にあるものさえ見えていない。ついさっきわたしは、きみの娘がもっぱら近衛兵見習いと過ごしているといった。ああいう連中がなにをしていると思う？　クソでかい金属のロボットの操縦、それが彼らの仕事だ。

――彼ひとりでやるのは無理です。それはもう頼んでみました。彼らはすべてのロボットを一カ所で制御するんです。ぼくたちには案内人が必要になるでしょう。力ずくで指令センターの占拠を試みることはできるでしょうが……

――どうした？　危険かもしれないと思っているのか？　エヴァを危険な目に遭わせたくないんだな？　あの子はすでに危険な立場にあるんだよ、クーチャー。毎日騒動が起こってる。今朝は誰かがオッスクの庁舎を爆破した――いや、蒸発させた――んだ。

――知りませんでした。

――この星は革命が起こる瀬戸際にあり、われわれはそのど真ん中にいる。一方の側はわれわれを非難し、もう一方の側は利用する。

――ぼくたちがいま起こっていることといっさい関係ないことは、彼らにはわかってますよ。

――おいおい、われわれは巻きこまれているんだぞ。好むと好まざるとに関わらず、われわれは巻きこまれているんだ。きみの娘はな。まだ傷つけられていないからといって、自分をごまかして彼女は安全だなんて考えるなよ。あの子をこの星から連れ出すんだ、聞こえてるか？　あの子を故郷に連れて帰るとわたしに約束するんだ。

——ぼくは——

——くそったれ、クーチャー！　きみはやろうとしてない。やるんだよ！

——了解しました。

——その調子だ。さて、そのパンを取ってくれるか？

——なに？　これですか？

——わたしのパンをばかにするのか？

——あなたがこの……代物をつくったんですか？

——ここで手に入る材料でパンをつくろうとしてみるんだな。

——これはむしろパンケーキみたいですね。イースト菌は使ったんですか？

——どうしたらそんなことができるというんだ？　市場に出かけて菌を注文するのか？　きみならそれを食べるかね？

——食べないでしょうね。

——そういうことだ。誰かの水虫かもしれんからな。わたしはここが嫌いだ。うまいものはなにもない。なにひとつだ。わたしがあっちにいったら最初になにをするつもりかわかるか？

——なんです？

——誰も見たことがないようなでっかいステーキを食べるんだ。なんだ？　わたしは死にかけてるんだぞ！　おかしいか？

——天国にステーキがあると思っておられるんですね？

——まあ、自分が天国を信じているかはわからんがな。

——あなたは自分が天国を信じているかどうかわからないが、ステーキについては確信している、と。

——そうだ。なにかいいたいことはあるか？

——ぼくは……

——次に口にする言葉にはよくよく注意しろよ、クーチャー。きみが相手にしているのはEDCの准将なんだぞ。

——そのステーキが、血が滴るくらいのレアであるよう願ってますよ、准将。

ファイル番号EE一五一――エッサット・エックトで記録された個人ファイル
私的記録――ローズ・フランクリン博士
場所：エティアックト地域、割り当てられた住まい

彼らはやろうとしない。ユージーンは死にかけている。そしてエックトは彼を助けるために指一本上げようとしない。規則に反するから。それは違う。規則に反するかもしれないからだ。もし評議会がエティアックトの投票結果をそのままにしておくならユージーンは市民だし、彼らはニージーンの命を救わなくてはならないはずだ。だが彼らはそうしてこなかった。五年のあいだ彼らはなにもいわず、あるいはなにもしてこなかった。わたしは彼らに手紙を書いた。アキタストの最高評議会宛に、もし友人を救えるならわたしたちは喜んで運命を受け入れてここにとどまるだろうと伝える、長い手紙を。ユージーンには送るなといわれた。時間のむだだと。むろんわたしは気にしなかった。今朝わたしはその手紙をエナタストに渡した。彼が居心地悪そうなのはわかった。実はユージーンから、自分を死なせてくれるよう評議会に懇願するさらに長い手紙を託されていたのだ。あの男の頑固さときたら、わたしには信じられないほどだ。

わたしたちは以前ほど親しいわけではないが、それでもユージーンは友人だ。わたしはこの件について、彼に最終決定権を与えるつもりはない。もしそれが彼を失うことを意味するのなら。エックトは彼を救いはしないが、わたしが彼を救おうとするのを止めることもないだろう。要は癌を治療すればいいだけのことだ。

どうかしているように聞こえるかもしれないが、わたしにはどうすればいいか、なんとなくわかっていると思う。理論上は。標的療法だ。わたしたちが地球を離れた頃、そのアイディアは進歩している最中で、特定のＤＮＡの突然変異を標的にする薬が開発されていた。まさに突然変異こそが癌の正体なのだ。時間がたつにつれてある突然変異が細胞に蓄積され、それらを整えることになっているすべてのメカニズムからどんどんかけ離れていく。そのメカニズムには細胞に自死を促すメカニズムも含まれる。ある時点でそれらの細胞は指令をいっさい気に留めなくなり、手に負えない勢いで分裂しはじめる。もしユージーンの癌の原因となっている突然変異を特定し、適切な正しい細胞を狙うことができれば……いうは易《やす》く行うは難《かた》し、というのはわかっている——人類はまさにそれを、何十年間もやろうとしてきた——が、ここではそれが可能なのは間違いない。彼らはもうやっている。わたしはそれを見ているのだ。

彼らが地球でわたしたちに使った兵器は、まさにそういう働きをした。特定のＤＮＡ鎖を標的にして、その兵器に対する免疫反応の引き金を引くなんらかの働きを細胞にさせたのだ。それは空港の探知犬のようなものだ。訓練によって異物——果物、麻薬、爆発物——を見つけさせることができるようになる。わたしがやらねばならないのは自分の探知犬を訓練して癌を見つけさせ、地球でやったのと同じ働きをさせることだ。もしわたしが同じ免疫反応を、ただし癌細胞に対してだけ引き起こすことができれば、ユージーンの体は理論上は自然治癒するだろう。

わたしにはユージーンから採取したあらゆる種類の試料が、健康な細胞と突然変異を起こした細胞から取り出したDNAを順番に並べる方法が、必要になるだろう。それには設備がいるが、すでに必要なものはすべて使用を許されている可能性がある。作業をさせてもらっている実験室で行われていることの半分は、わたしにはわからない。最大の問題は、世界じゅうの研究室にある設備がすべてそろっていても、わたしの遺伝子に関する知識が充分ではないことだ。自分がなにをやっているのかも、自分のこのアイディアが実際にはどれほど甘いものかも、わたしにはさっぱりわからない。自分がこんなことをいうことになるとは考えたこともなかったが、わたしにはいま、アリッサが必要だ。それが無理なら速く学んで、たとえわずかでもこのアイディアに望みがあるか見きわめる必要がある。わたしはふたたびエックトに、自分が実際より多くのことを知っていると納得させなくてはならないだろう。彼らに対して不誠実な態度は取りたくないが、友だちを死なせるつもりはない。

自分にはできると信じなくては。

ファイル番号二一三〇
私的記録――エヴァ・レイエス
場所：フィンランド、トゥルク付近、カーリナ労働収容所

あとちょっと。もう着いたようなものだった。わたしたちは地元の警官に止められ、ロシア人たちに引き渡された。

当然彼らはわたしが何者か知っていた。いたるところにわたしの写真が貼ってあった。デジャヴ、またもやそこらじゅうに。ここでもわたしは最重要指名手配犯なのかもしれない。どうかしてるわ。

〝ボブ〟はどうにか、この収容所へわたしを連れていくところなのだと彼らを納得させることができた。彼らがそれを信じたのは、わたしたちがほんとうにそのすぐ近くにいたから、そして収容所に入るところだと嘘をつくものなどいないからだ。彼らは門のところまでわたしたちに付き添いさえした。ボブにはここから出してやるといわれたが、どうすればそんなことができるのかわからない。彼らはどこかの時点で、それもすぐに上司に報告し、〝ボブ〟の正体はばれるだろう。それから連中はわたしを連れにやってくる。おそらくせいぜい一日、ひょっ

とすると二日で。

逃げる方法はあるはずだ。いたるところにカメラがあるが、見張りはそれほど多くない。大勢で見張る必要がないからだ。ここの人たちは犯罪者ではなく、なにもしていない。そこらじゅうに子どもがいる。イスラム教徒はほぼすべて、家族と一緒に送りこまれていた。なかには自発的にやってきた人たちさえいる。異星人の遺伝子を少し多く持ちすぎている夫や妻をひとりでいかせまいと、進んでやってきたのだ。ここは監獄ではない。ほかのなによりも小さな村に雰囲気が似ている。それはほんとうに悲しい意味で皮肉なことだ。ここにはほかのどこよりも親密さが、愛と受容がある。白人、黒人、ヒスパニック、キリスト教徒、イスラム教徒、全員がなによりも最悪な不正によってひとところに集められていた。だが彼らには仲間がいる。ここにいれば誰でも歓迎されるのだ。きっとわたしは頭がおかしくなりかけているにちがいないが、もしどこかで暮らさなくてはならないなら、この収容所はわたしたちが地球に戻って以来見てきたなかで、初めて自分が暮らしていけそうだと感じた場所だ。連中がここの人たちを虐殺しはじめるまでの話だが。

わたしはビラルという男の隣の寝棚に入れられた。ビラルはわたしよりひとつだけ年上だ。彼は——どうかしてるけど——ヘルシンキで植物生物学を勉強していた。そして学費を払うためにバーで働いていた。特別なところはなにもない。DNAもだ。彼はイスラム教徒でさえない。ヒンドゥー教徒だが、生まれがパキスタンだから……情けない話だ。あの連中はまともに人種差別をすることさえできない。

わたしはこの世界がいやでしかたない。人々の心が狭い。彼らは無知で、その状態に満足している。そうあるように努力している。彼らは自分たちの信条に居心地よさを感じるためだけに、時間とエネルギーを費やして物事を学ばない方法を探すだろう。わたしたちを引き渡した警官は、ロシア人を怖がってはいなかった。彼らは純粋に、わたしたちを引き渡すことで協力していると思っていた。そんなふうに聞かされたのだ。とんでもない。でたらめだ。だが彼らはそれを簡単に信じた。鵜呑《うの》みにして、次を求めた。自分たちが正しい側にいたいから、このばかげた話を喜んで信じ、世界で起こっている悪いことの責任を全部押しつける誰かを手に入れる。けっして何事にも疑問を持つ必要がなければ、きっとどんなにか居心地がいいだろう。

わたしはもっと違った状況になっているだろうと思っていた。攻撃を受けたあと、世界はかつてないほど団結しているだろうと思っていた。彼らは傷ついていた。みんなそうだ。なににもまして、彼らは等しく無作為に傷ついていた。死んだ人たちは誰も、あんな目に遭うようなことはしていなかった。あらゆる職業の人たち、金持ちや貧乏人、あらゆる宗教の人たちがいた。歴史上初めて、すべての人が名指しで非難できる〝彼ら〟が存在していた。それには、より大きな〝わたしたち〟がついてくるはずだったのに。もしふたりの子どもが学校で同じいじめっ子に叩きのめされたら、彼らは友だちになれる。もしわたしが、自分《サム・ヨキッツ》が経験したのと同じ恐怖を何百万人もの中国の人たちが味わうのを見れば、中国人に対してなんらかの同情を感じるはずだ。さもなければわたしは、まったく新種のろくでなしだろう。そういうことがここで起こった。この狂気の沙汰、それがここの全員をひとつにまとめたのだ。〝彼ら〟がいる。わたしたちをここに引きずってきた間抜けどもが。そして〝わたしたち〟がいる。ここに収容された人々が。そんなふうになるはずなのに。そんなふうになるべきなのに。

エッサット・エックトはいくつかの点で、はるかに優れているというわけではなかった。でもどういうわけか、彼らの人種差別にはそこまで腹が立たない。ひとつには、それは実際に種にもとづいていた。それに彼らは自分たちが虐げている人々に、なにか本質的に悪いところがあるとは考えていなかった。たしかにわたしはあのエックトの信条が気に入らないが、あれは嘘の上に築かれたものではなかった。ここの人々はあまりに愚かなせいで、自分たちとそっくりな人々を憎んでいることに気づいていないだけだ。もしかしたらわたしをいらつかせているのはそのことかもしれない。愚かさだ。わたしは邪悪さ以上に愚かさが嫌いだ。

たぶんそれと折り合いをつけることを学んだほうがいいのだろう。彼らがわたしを殺すとは思わないから。いっそ殺してくれればいいのに。連中がわたしをどうするつもりかわからないが、殺すことはないだろう。なにか違った状況になるはずだ。なにか終わりのない状況に。煉《れん》獄《ごく》だ。なにより奇妙なのは、こういうことがすべてわかってきたばかりだということだ。わたしは願っていた……どうにかして自分をだまし、なにもかも解決して帰ることができると思っていた。わたしは市場を見たかった、エッソックに、友人たちに会いたかった。エッキムに会いたかったが、それは無理だ。わたしはけっしてなにも見ることがないし、彼らの誰とも二度と会うことはないだろう。時は……直線的だ。一方向に動き、そういったことはすべて後ろにある。行く手には……行く手になにがあるかは知らないが、けっして以前のようにはならないだろう。

　わたしはどうすればいいのかわからない。仲間を募り、ここの乗っ取りを試みることはできるだろう。もしみんなで力を合わせれば、簡単に見張りを圧倒できるはずだ。だがここにいるのは家族だ。ここには子どもや赤ん坊がいる。赤ん坊を抱えた誰かに、わたしのためにすべてを危険にさらしてほしいとは頼めない。おそらく彼らの友だちにも頼めないだろう。彼らは愛するものを守るために、わたしを非難するだろう。もしわたしが彼らの立場なら、わたしについていったりはしない。ここにはたいした人生があるわけではないが、それでも彼らは生きている。その状態が長く続くとは思わないが、もし向こうに聞く耳がなければ、そのことを彼らに確信させられるかわからない。こんな状態は……いつまでも続かない。彼らのような人たちはあまりに大勢いて、どんどん新しく送りこまれてくる。連中が世界の半分を難民キャンプにすることはないだろう。いつかは場所を空けたくなる。いつか人々はこうした収容所の存在に慣れるだろう。収容所からもたらされるあらゆる悪い知らせにうんざりするようになる。「われわれは大枚をはたいてああいう連中を助けてやっているのに、これがお返しか？」「自分たちの分だけでやっとのときに、どうしてわれわれを殺そうとした連中のためにこれだけの資源をむだにしなくちゃならないんだ？」彼らはまず男たちから、もっとも異星人のＤＮＡを持っているものたちから取りかかり、徐々にＤＮＡの少ないものへと進めていくだろう。こうした収容所の人たちの非人間化が充分に進んだとき、誰もが格好の標的になる。女たち、子どもたち。そんなことは関係ない。わたしの問題は、誰もそんな話は聞きたがらないということだ。

特に、掘っ立て小屋の陰でかくれんぼをしている三歳児の母親は。こんなことがまかり通る理由は、そういうことなのだろう。わたしなら絶対的確信がないのにわが子の命を危険にさらしはしないだろうし、確信が持てたときにはすでに手遅れだ。生きる意志がここの人たちの命を奪うことになる。

もしかしたら外に出る道を見つける必要はないかもしれない。道ならすでにひとつあるかもしれないのだ。希望的観測なのはわかっているが、きっとここではある種の闇市のようなものが開かれているにちがいない。事態が悪化したときにあてになるものがひとつあるとすれば、それは自由市場だ。ここの人たちは金を持っている。きっと誰かが彼らからそれを巻き上げる方法を見つけているはずだ。わたしはその誰かが見張りではないことを祈るだけだ。もし密売品が入ってきているなら、その同じ道から出られるかもしれない。たぶん無理だろうが。それは関係ない。ここにじっと座ってコシア軍が現れるのを待つのは、わたしには無理だ。

ファイル番号二一三四
アメリカ地球外生命体調査センター所長、ヘレン・マー博士とローズ・フランクリン博士の対話
場所：メリーランド州、ボルチモア、ジョンズ・ホプキンス大学

——おはようございます、ドクター・フランクリン。お目にかかれてとても嬉しいです。合衆国にお帰りなさい。

——ありがとう。帰ってこられて嬉しいわ。

——事情聴取を受けておられたそうですね。

——ええ、八時間ほど。明日戻らなくてはならないの。

——九年といえば長い時間です。きっと話すことはたくさんおありでしょう。みんな知りた

がっているんです。

――向こうで過ごした時間のことはあまり話していないわ。話題はほとんどヴィンセントのことだった。

――あの裏切り者の？

――わたしは……そういう言い方もあるでしょうね。

――別の言い方があると？

――そうね……もしかしたら。彼らに話したように、わたしたちは親しくなかったから。

――てっきりあなたがたは友人だと思っていました。

――地球を離れたときはそうだったわ。わたしたち……わたしたちは向こうで……とても違った角度でものを見るようになったの。

——あそこ——なんと呼ばれていたんでしたっけ？　エッサット・エックト？

——向こうで。そしてロシアで。わたしたちの考えはあらゆる面で対立したわ。わたしはエッサット・エックトにとどまって、あそこの人たちを研究したかった。わたしは彼らについて学び、彼らにわたしたちを知ってもらうべきだと考えた。そうすれば平和を見出《みいだ》せるだろうって。ヴィンセントは最初から彼らを敵視していたの。もし彼がいなければ、わたしはまだあそこにいたでしょうね。

——科学者として、あなたがうらやましいですよ。

——ありがとう。彼のかわりにあなたが向こうにいてくれたらよかったのに。わたしたちを送り帰すのがいちばんだとヴィンセントが彼らを説き伏せたときには、わたしたちはもう話をしなくなっていた。わたしは彼のせいでとどまることができなかったの。それからロシアに着いて……わたしたちはとらわれの身だった。わたしはこう考えてた。過去にどれだけけんかをしていても、少なくとも脱出する道を探すことに関しては合意できるだろうとね。彼の見方は違ってた。わたしを裏切ったの。彼の娘もね。起こったことの責任はわが国にあると考えているんだと思うわ。

――悲しいかな、そう考えているのは彼だけではありません。世界のほとんどはそうなんです。

――聞くところによるとアリッサ・パパントヌはいま、アメリカのために働いているそうね。彼女はここに？

――いいえ。ここでやっているのは基礎研究だけです。彼女は直接、軍のために働いています。

――そう……

――ドクター・フランクリン？

――なにかしら。

――今日あなたにして差し上げられることが、なにかあるでしょうか？

――わ……わたしはここであなたに会うようにいわれたのよ。彼らの運転で連れてこられた。

てっきりあなたがわたしに会いたがっているんだと思いこんでいたわ。

——わたしはけっして彼らに頼んでは……まあたいしたことじゃ……それで。あなたはなにをごらんになりたいですか？

——わたしはなにかまずいことをしたかしら？

——どうしてそんなことを？

——たったいまあなたが……敵意を持っているように見えたから。なにかわたしが過去にしたこと？　もしそうなら申し訳ないと——

——いいえ、お会いするのはこれが初めてです。施設をご案内しましょうか？

——わたし……ええ。もしご迷惑でなければ見てまわりたいけれど。あなたにあまり時間を取らせたくないわ。きっとお忙しいでしょうし。

——たしかに。

――なにかわたしにお手伝いできることはあるかしら？　こうしてここにいるわけだし。彼らは四時に迎えにくるといっていたわ。それだと……いまから六時間後ね。町を歩きまわることはできるけど、もしわたしで役に立てるなら――

――まったく！

――なにかおかしなことをいったかしら？

――ええ、そうですよ。わたしのほうがあなたにお尋ねするべきなのに。

――よくわからないわ。

――そのようですね。これをどういえばいいんでしょう？　わたしは自分の仕事が好きなんです、ドクター・フランクリン。とても気に入っています。わたしはここで変化を生み出すことができる。わたしのために働いてくれる優秀なチームがいるんです。ひとり残らずわたしが選びました。彼らは忠誠心があつく、有能です。この数年、わたしたちは大変な進歩をもたらしてきました。

——それは……それはすばらしいわ。あなたがなにをいおうとしているのかわからないけど。ほんとうにわからないの。もしかしたらあなたには明白なことかもしれないけれど、わたしにとってはそうじゃない。さっきなにか手伝えないかと尋ねたのは、言葉どおりの意味だったのよ。しばらく留守にしていたけれど、それでも貢献できると思う。テーミスのことはほかの誰よりもよく知ってる。あのロボットたちのことはね。もしかしたらあなたほどじゃないかもしれないけれど、間違いなく充分役に立つ程度にはね。

——ドクター・フランクリン、あなたは……彼らはあなたに、わたしの後任を務めるよう頼むつもりなんです。

——わたしに？　わたしは……あなたがなにをやっているのかも知らないのよ。あなたは多くの進歩をもたらしてきたんでしょう。あのロボットをまた動くようにした。どうして彼らがあなたを交替させるというの？

——ほんとうになにもご存じないんですね？

——この五分間、わたしがいおうとしていたのはそういうことよ。

――あなたが事情に通じていようといまいと、誰も気にしないでしょう。あなたは充分知っておられます。彼らはわたし以上にあなたを信頼するはずです。

――どうして？　わたしは九年間留守にしていた。ロシアに――さっきあなたが裏切り者と呼んだ人物と一緒にいた。

――それは問題ではありません。あなたは純血種。それに白人です。

――わたしが白人？　まさかそんなことが――

――わたしはA1です。純血種はとても珍しいから、これ以上はまず望めません。そして純血種の科学者はいません。まあ、あなたはそうですが、ひと握りだけです。わたしはA1です。でも、祖父がチュニジア出身なんです。

――それになんの違いがあるというの？　ごめんなさい、ちょっとわたしには――

――イスラム教徒は政府の仕事を得られません。彼らは収容所に入れられます。わたしは無神論者ですが、ほら、間違いなくそうだとは言い切れないでしょう？

——そんなのはどうかしてる。たしかにわたしたちがいなくなる直前に大勢の人たちが死んだわ。人々が怯えるのはわかる。だけどそのＡ１とかＡ２とかいうシステムは正気の沙汰じゃない。いうまでもなく遺伝子の組み換えは、まったく無作為に起こることよ。わたしの両親はあなたよりたくさん異星人のＤＮＡを持っていたでしょうね。あなたの子どもたちはちょうどわたしみたいかもしれない。

——それは問題ではないんです。どの科学が〝本物の〟人間によってつくられたかそうでないかは、人々にはわからない。彼らはもうなにも信じません。

——悪い夢を見てるみたいだわ。

——それが世間なんですよ、ドクター・フランクリン。慣れたほうがいいでしょうね。

——それにイスラム教徒ですって？　それがいったいなにと関係してるっていうの？

——わたしたちが見つけた最初のＡ４が、中東出身だったんです。Ａ４のほとんどはそうです。

――それは別に……もしわたしたちが聞かされてきた話がほんとうなら、ここにやってきた最初の異星人は、現在のトルコに住んでいた。トルコ出身者の子孫に多いのは筋が通ると――

――さあ、わかってきましたね。

――いいえ！　わからないわ！　彼らはその人たちを狙ってやってきたのよ！　わたしたちの多くが死んだけれど、その事態を引き起こしたものたちは、特にその人たちを殺すためにやってきたの。

――それがほんとうかどうか、わたしたちにはわからないんです！　彼らがその人たちを狙って戻ってくるかどうか、わからない。わたしたちにはなにもわかりません。わかっているのは、彼らがわたしたち残りの人間にくらべて異星人に近いということです。

――誰のことをいってるの？　異星人の子孫は異星人に近い、ええそうね。中東の人たちは違う。彼らは全員がイスラム教徒というわけでもない。たとえそうだとしても、そんなのは筋が通らない……イスラム教徒ですって!?　ほとんどのイスラム教徒はアジア人よ、あきれたわ！

——アジアのイスラム教徒は数に入っていません。

——わたしにはそれがなにを意味するのかさえわからない。あなたは宗教の話をしてる。そこに生物学的なことはなにもないわ。アメリカのイスラム教徒はどうなの？

——つながりがあるかもしれませんね。

——どんなふうに？　イスラム教徒も犠牲者だったのよ。異星人はリヤドを破壊したわ。クアラルンプールを。

——そこは外国人が大勢いる大都市でした。アルカイダもＩＳも、サウジアラビアは不信心者の国だといっています。いいですか、わたしはすべての答えを持っているわけではありませんが、わざわざ危険を冒す理由があるでしょうか？

——つまりあなたはその狂気に同意してるのね？

——それを否定することはできないといっているんです。

——だったらあなたはそれほど優秀な科学者とはいえないわ。

——……

——ごめんなさい。そんなことをいうべきではなかったわね。わたしはあなたのことを知らない。あなたがどんな経験をしてきたのか知らない。

——いいんです。あなたがなじむのに苦労されるだろうということは聞かされています。焦らないで。

——わたしはただ、理解できないの。それだけよ。国境は封鎖されてる。人々は誰のことも信じない。彼らが怯えているのは理解できるけど、もしみんなが力を合わせればより安全に、より強くなれるんじゃないかしら？

——わたしたちはもう、世界にそれほど好かれてはいないんです。それにわたしは、あなたの質問に対する答えを持っていません。このほうがましなのかどうか、わたしにはわからない。わかっているのは、わたしたちが以前あなたのやり方を試し、大勢の人たちが死んだということだけです。

——そうしなければもっと大勢が死んでいたでしょうね。

——確信があるんですか？

——あるわ！

——どこかよそでなら、そうかもしれません。でもここでは？　わたしたちの軍隊は世界じゅうに展開していました……わたしの両親はニューヨークにいたんです。友人たちも。もしかしたら、ほんとうにもしかしたらだけれど、もしわたしたちが自国民を保護してさえいれば、彼らの一部はまだ生きていたかもしれない。

——そんなのはばかげているわ。さっきの話だとあなたには、念のため自分の家族を収容所に入れる覚悟があった。それがニューヨークのことを持ち出すなんて。いいこと、わたしはあそこにいたのよ。わたしも身近な人たちを亡くしたわ。わたしたちの多くがね。

——知っています。そしてあなたは立ち去った。テーミスはあそこにいて、そして立ち去った。あなたがたはみなを置き去りにしたんです。

——テーミスは戦えなかったのよ。それにわたしは立ち去ってない。ガラス張りの部屋に閉じこめられて、死ぬのを待っていたの。すぐ目の前で友だちが死ぬのを見たわ。だからまるでわたしがなにも失っていないみたいに、喪失について語るのはやめてちょうだい。わたしは生きのびたの。その場を離れて助かったのとは大違いよ。

——……

——それに教えて。もしわたしたちの軍隊がすべてそろっていたら、あなたはどうしていたかしら？　わたしたちの戦車、わたしたちの戦闘機が全部あったら。仮になにかとんでもない奇跡によって、それらがすべてあそこに、ニューヨークに集結していたとしたら。あなたはどうしていたでしょうね？　町を爆撃した？　あなたのご両親がいる町を。ロシア人はモスクワでそうしたわ。わたしたちは理由もなくマドリードに核爆弾を落とし、それは役に立たなかった。

——わたしたちはマドリードを爆撃していません。異星人たちが破壊したんです。

――それならきっとわたしの記憶違いなんでしょうね。ひょっとするとわたしたちは、ニューヨークに核爆弾を落とすべきだったのかもしれない。そうしていたら、役に立っていたかしら？

――そろそろ施設をご案内しましょうか？

――わたしは町を歩いてみるわ。こんな天気のいい日に屋内で過ごすなんてもったいないもの。でも、ひとつ質問があるの。

――もちろん。

――あのロボット、あなたたちがラペトゥスと呼んでいるロボットのことだけど。あれはセントラル・パークでわたしが機能停止させたものよね？

――ええ、そうです。

――だったら興味があるわ。わたしたちがテーミスを組み立てたときには、すべてのパーツがそろわないと動かすことができなかった。あなたたちはどうやってあれを、片脚がないのに動かせたの？　わたしが地球を離れたときにはあのパーツがどんなふうに働くのか、ほんとうにごくわずかしかわかっていなくて――

――わたしたちも相変わらずです。そう、少なくともわたしは。わたしたちがここでやっているのは概念研究で、ラペトゥスに関わることはなんでも軍が直接扱っています。わたしたちはあのロボットに、機能するパーツに近づくことさえできないんです。機能しない脚なら、この倉庫にありますよ。ごらんになりますか？

――いいえ、けっこうよ。自分がどこへいけばいいかはわかっているわ。

ファイル番号二一三七
GRU、キャサリン・レベデフ少佐とヴィンセント・クーチャーの対話
場所：ロシア、サンクトペテルブルク、GRUビル

――ヴィンセント、ワシリエフ軍曹を紹介するわ。

〔初めまして、ミスター・クーチャー〕

――やあ！ するときみがぼくの副パイロットか。

〔あなたがわたしの副パイロットだと思いますが〕

――彼が気に入ったよ。

――そうだろうと思ったわ。

——どこで見つけたんだ？

——刑務所で。

——ほんとうに？

〔わたしはなにも悪いことはしていません〕

——彼のいうとおりよ。わたしの最初の案では、労働収容所にいるものを全員テストして——

——どうやって？　きみたちが血液検査でパイロットを見つける方法を持っているとは思わなかったな。

——まだ持ってないわ。全員ここに連れてきて、ヘルメットをかぶらせてみればいいと思ったの。

——そいつはどうかしてる。どれだけ時間がかかるか——

——千人も試せば誰か見つかるだろうと思ってたの。収容所はそれにうってつけの種類の人たちでいっぱいだから作業の一部はすでに終わってたわけだけど、あなたと話していて気が変わったのよ。作業にかかろうとしてたときに、軍事訓練を受けているものは全員、収容所ではなく刑務所に入れたことを思い出したの。訓練を受けた兵士に騒ぎを起こさせたくなかったから。

——するときみはそこで見つけられたわけか？　きっと出られて嬉しかっただろうな。

〔あそこの食事を恋しく思うことはないでしょうね〕

——きみは実に英語が達者だな。どうしてぼくが会うロシア人はみんな、英語をしゃべるんだ？

〔わたしは以前カナダに住んでいたんです。あなたのように、そうでしょう？　フランス語もできますよ。こんにちは《ボンジュール》。わたしの名前はアレクサンダーです《ジュ・マペル・アレクサンダー》〕

――すばらしい。きみはなにをしてたんだ？　スパイだったのか？
〔わたしはホッケーをやるんですよ〕
――おお！　そいつはクールだ！
〔われわれはいつ取りかかるんですか？　少佐から、あなたが戦い方を教えてくれると聞いていますが〕
――まずは歩き方を教えなくちゃならない。きみはモデルをやった経験はあるか？
〔彼は本気なんですか、少佐？〕
――残念ながらそのようね。いいから彼のいうとおりになさい、軍曹。
〔わたしは彼から指示を受けるのでしょうか？〕
――いい質問だわ！　これがどう機能するかを知っている人間はヴィンセントだけだから、あなたは彼の指示に従う必要がある。でも彼は軍人じゃない。あなたはそうなりたい、ヴィンセント？　大尉にしてあげられるわよ！

——勘弁してくれよ、キャサリン、ぼくはロシア軍の大尉になんかなりたくない……なあ、アレックス——アレックスと呼んでいいかな？——こいつは、これが機能するには、ほかのなによりも信頼が大切なんだ。ぼくには……きみにどうするべきか指示を出すことはできない。そうやっていては間に合わないからだ。きみに必要なのは……ぼくはセンターだ。きみはウイングを務める。おたがいに先を見越して行動する必要があるんだよ。

〔もしあなたがなにかおかしなまねをしたら撃つように、少佐からいわれています〕

——ほんとうに？　それはとても信頼とは——

——訓練のあいだだけよ、ヴィンセント。そのあとはもう少し……

——イカれてないやり方を？

——わたしは物騒じゃないやり方、といおうとしてたんだけど。

――いいや、キャサリン。誰かに後ろから一日じゅう頭に銃を突きつけられているのは、物騒とはいわない。とんでもなく愚かで、ばかばかしいほど危険というんだ。きみには語彙《ごい》が不足しているらしいな。

〔残念ですよ。あなたが信頼といわれたので。知らせておくべきだと思ったんです〕

――いいんだ……ありがとう、アレックス。正直に話してくれて。それにキャサリン、きみの物騒な計画を台なしにするのは忍びないが、あのグローブをはめた状態で銃を持つことはできないだろう。あれはホッケーのグローブみたいなんだ。

〔ああ！〕

――そういうことだ。

――いいわ！　別の手を考えましょう。どうしてこうなにもかも、すんなりといかないのかしら？

〔それで、いまわれわれはなにをするんですか？〕

――そうね、軍曹、結局今日から訓練をはじめることはなさそうよ。いいえ、ヴィンセント、安全策が講じられていない状態であなたをテーミスに乗せるつもりはないわ。明日にははじめられるでしょう。

――今日からはじめられるさ。さしあたりテーミスに乗りこむ必要はないんだ。しばらくは手をつなぐことくらいしかできないからな。

――いまなんていったの？

――手だよ。誰かと手をつないで歩こうとしたことがあるか？　もし相手とペースがずれていたらうまくいかない。ふたりの腕の動きを同調させるには、速度や距離を調整する必要がある。ぼくたちは脚の動きをそろえることからはじめることになる。左右が反転した状態での訓練になるが、あとで切り替えるのは簡単だ。それから腕に取りかかる。きみはただ、ぼくのあとについて動けばいい。ぼくは少し大げさに腕を動かす。きみはぼくがやるように動かなくちゃならない。たとえぼくがそばにいなくても、そんなふうに歩く必要があるだろうな。

〔こんなばかげた話を聞いたのは、生まれて初めてですよ〕

——申し分ないじゃないの。だったらあなたたちの好きなようにやってもらいましょう。わたしはお邪魔虫になりたくないわ。

——いくな、キャサリン。まずきみと話をする必要がある。

〔この……訓練とやらは、少佐から説明を受けたときのほうがずっとましに聞こえましたが〕

——まあ、心配するな。じきに一日に十回倒れる段階に取りかかれるさ。それで思い出したんだが、キャサリン、ぼくたちにはものを押しつぶしてもかまわない場所が必要になる。

——こうやってわたしは、手間のかかるやつだといわれるわけね。あなたはもういってかまわないわ、軍曹。こちらの話が片づいたら呼びにやるから。

〔了解しました〕

——それで？

――エヴァについてなにか新しい知らせは？

――いいえ。彼女はまだ見つかってないわ。あの子はほんとうに優秀ね！　それとも、誰だか知らないけど彼女の協力者が優秀なのか。なんだっていいわ。わたしたちは彼女を見つけるから。心配しないで。

――きみはあの子が危害を加えられることはないと約束した。

――わたしはまず射撃命令を出すことはしないと約束したのよ。それでも彼らはエヴァを連れてこなくちゃならない。もし彼女が抵抗したらなにが起こるか、責任は持てないわ。あの子の気性は知ってるでしょう。

――それでは不充分だな。きみたちがエヴァを傷つけることはないという、確証がほしい。

――彼女を傷つける？　どうしてわたしがそんなことを？　でもね、わたしたちはあの子をアメリカ人の手に渡すわけにはいかないの。いざとなれば、彼女は始末されるでしょう。射殺される。誰もエヴァを傷つけることはないでしょうね。

――もしエヴァの身になにかあれば、きみたちには協力しないからな。ぼくを殺してもかまわないが、それではなにも手に入らないだろう。

――ああ、ヴィンセント、ヴィンセント……その話はもう済んだと思ってたのに。ドクター・フランクリンと娘さんがいなくなったせいでなにかが変わったって、本気で思ってるの？　あなたの手を見てごらんなさい。指は何本見える？　間違いない？　ああ、心配しないで。まずあなたから、ということはないから。彼らは幼い女の子をひとり連れてきて、その子を痛めつけているところをあなたに見せるでしょう。彼らにはあなたやわたしには想像もつかないようなことができるのよ、ヴィンセント。あなたというものがいっさいなくなるまで、そういうことができる。さんざん心をもてあそんで、もっと痛めつけてくれと自分から懇願させることができる。あなたをペットに変えることができるの。

――きみは実に悪趣味だな、キャサリン。それを自覚してることを願うよ。

――わたしが？　こんなことをしたいと思っているのはわたしじゃないわ。わたしはね、彼らを止めようとしているただひとりの人間なのよ。わたしの上司、彼はこの計画が気に入らないの。彼はあなたのことが好きじゃない。全然好きじゃないのよ、ヴィンセント。たぶんなまりのせいでしょうね。もしこれがうまくいかなかったら……

――もしこれがうまくいかなかったら、どうなんだ？

――ガスバーナーとボルトカッターで充実した時間を過ごすことになるのはあなただけじゃない、とだけいっておきましょう。

――きみたちはテレビの見すぎだな。ぼくがほんとうにそんな手にひっかかると思ってるのか？

――わたしを信じて、ヴィンセント。ＧＲＵは……

――ああ、きみたちが他人になにかとても胸くそ悪いことができるのは知ってるさ。それについてはまったく疑ってない。ぼくがいってるのは、きみが目指してるストックホルム症候群みたいなもののことだ。次にきみは、ぼくをデートに誘ってくるだろう。照明を落としたレストランでの気軽な食事に。それでぼくがきみに好意を抱くようになると思うのか？　そのためにぼくがテーミスを使って軍勢を叩きのめすと……愛のために？　そうなのか？　認めるよ。もし状況が違ってたら、そしてひょっとしてきみがサイコパスじゃなくて、世界がひどいことになってなかったら……

——ちょっと。なんていえばいいかわからないわ、ヴィンセント。わたしは……傷ついてる。ねえ、でもディナーにいくっていうのはすごくいい考えだと思う。ここを出て大きなステーキを食べにいくっていうのはどう？　うってつけの店を知ってるの。

——ぼくは真面目にいってるんだ、キャサリン。ぼくはエヴァに無事でいてほしい。ぼくの話を聞いてるのか？

——できるかぎりのことはするわ、ヴィンセント。最善を尽くすと約束する。さあいきましょう。ステーキよ！

ファイル番号二一三八
私的記録——エヴァ・レイエス
場所：フィンランド、トゥルク付近、カーリナ労働収容所

抜け出す道はある。誰もがそれを知っている。タタール人の子どもがいる——みんなからババと呼ばれている子だ。本名はなんというのか、わたしには見当もつかない。彼は夜な夜な生活物資を求めて出かけていく。ほとんどはタバコだ。利幅は百パーセントだが、ババはなんでも手に入れてくれる。領収書まで持ってくるから、頼んだほうは百パーセントをふっかけられているだけだとわかるわけだ。本人にいわせれば、その子——とても十二歳を超えているようには見えない——は週に二千ドルかそこら稼いでいるらしい。その金は父親のポケットに入っているような気がするが、ババは自慢話をするのが好きだ。それに彼がいい暮らしをしているのは間違いない。新しい服。新しい携帯。ババはひどいうぬぼれ屋だ。わたしは彼のことが大好きだ。

わたしは彼に、一緒に連れていってくれないかと尋ねた。当然、断られた。わたしはややこしいことにならないようにするのはあきらめている。そこで彼を脅迫しようとし、見張りに話

すといった。ババは声をあげて笑った。見張りは二十パーセントを、そして料理長も同じだけ受け取っているという。つまりわたしがここから抜け出す道はキッチンで、鍵を持っているのは料理長ということだ。わたしは支払いをすると申し出たが、金を見せてくれといわれた。わたしはほんとうにあの子が好きだ。自分の正体を打ち明けるくらいに。それを聞くとババは笑顔になった。それからわたしの全財産《シャーツ・オフ・マイ・バック》を要求した。文字通り。彼はそれをネットで売ればひと財産になると思っている。「正真正銘、エヴァ・レイエスが異星人の星で着ていたシャツ」。わたしたちは彼が実物証明書として使えるように、写真まで撮った。どこがいいのかわからないが、わたしの服にはなんらかの値打ちがあるらしい。どのみちわたしはそのシャツが嫌いだった。ロシア人に与えられたものだから。ひょっとしたらそこのところは、ババにいい忘れていたかもしれない。あいにくそのきわめて貴重なファッションアイテムはわたしが持っている一枚きりのシャツで、もしなんとかしてここを出ることができるなら、ババ自身が好意でくれたナイトウィッシュというメタルバンドのTシャツを着ることになるだろう。少なくともそれには黒だった。それにババは、トゥルクまでのバス代とマリエハムンまでのフェリー代に充分なだけの金もくれた。あとで返すことになってはいたが、わたしにはどうすればいいのかわからない。わたしは尋ねなかった。

　自分がカモにされているのかどうか、わたしにはわからなかった。それはあまりにばかげているように思えた。ここから出る道があるのに誰も——繰り返し戻ってくるひとりをのぞいて——それを使わない、というようなことがあるだろうか？　だがそれは事実だった。わたしはこの目で見ていた。シャツを脱ぐ前に〝生存証明〟を求めたのだ。それは床に開いた秘密の穴でも、フェンスの上のほうにある裂け目でもなかった。ドアがあったのだ！　なんとドア《ア・ヨキッツ・ドア》が！　それは食料の搬入に使われているもので、すぐ外につながっている。もしそうしたいと望めば、ここにいる人間はひとり残らず、朝までにここを出ることができるだろう。金か金になるシャツを持っていればの話だが。コックをひとりぶちのめすことができるものなら、誰でも出ることができるのだ！　だが彼らはそうしない。そろってここにとどまっている。基本的に彼らには、フェンスも見張りも必要ない。あの人たちには、待てというだけでいい。それで彼らはとどまる。待て！　ようし、いい子だ！

前に父さんとした会話を思い出す。ヴィンセントじゃなくて、わたしのプエルトリコの養父と。わたしは彼に、どうして人々はいつも政治に文句をいっているのに、それについてまったくなにもしないのかと尋ねた。どうして人々が、まさに自分が毛嫌いしている人たちに投票しつづけるのか、わたしには理解できなかった。彼らは戦争には抗議するだろうが、日常の物事、ちょっとした不正はそのまま放置する。友だちが鉛筆一本につき百ドルという契約を政府と結んでひと財産築いた、というたぐいのことには人々は文句をいう。誰でもそうだ。だが行動を起こそうとはしない。それはいいことだ、社会が適切に機能するにはある程度の冷笑的態度は必要なんだ、と父さんにいわれたときに、どんなに唖然《あぜん》としたか覚えている。もし人々が自分たちには物事を変える本物の力があると考えたら、もし彼らがほんとうに民主主義を信じたら、誰もが街頭デモに繰り出してあらゆることを主張し、影響を及ぼすだろう。そうしたことはときに起こる。三万の人たちが理想を掲げて行進するために交通を妨げることはあるだろうが、彼らはまさかその行動が相手側に同じことをする正当な理由を与えるはずはないと信じている。でも、もし相手がそう感じたら？　もしなにかを信じる三万の人たちが行進したのとまったく同じときに、正反対のことを信じる人たちが同じことをしたら？　もしそれが毎日毎日起こったら？　ほかのことに関心がある人たちも、自分たちの言い分を聞いてもらいたがるだろう。彼らはより大声で叫ぶ必要がある。人々が不平をいうのは、システムが公正だとは思っていないからだ。もしそう思っているなら、もし彼らがひょっとするとそんなこともあるかもしれないと考えているなら、わたしたちは混沌の、無政府状態のなかで生きることになるだろう。わたしたちには無関心が必要なんだよ、と父さんはいった。そうでないと、おしまいには通りで殺し合いをすることになるだろうと。

父さんが政府の仕事をしていたことには触れただろうか？

そのときわたしは父さんのいうことを信じなかった。本人がそれを信じていたのかもわからない。その会話はすべて、わたしが家族で野良猫の保護をしたがったことからはじまった。わたしは両親が賛成してくれるだろうとすっかり思いこんでいた。たしかにわが家でたくさんの猫を受け入れることには否定的な側面もいくらかあるにちがいないが、あれだけの命を救うのをやめるには、ほんとうに利己的になる必要があるはずだ。たぶんあの公民の授業は、不当な仕打ちに目をつぶり、猫に関する議論にのめりこまないことを覚えさせようという、彼なりのやり方だったのだろう。父さんと母さんはわたしを、自分の意見を主張するように育てていた。道理と事実にもとづいた議論はいつでも歓迎だし、もしわたしが主張すればどんなことでも自分たちを説き伏せられる可能性はあるといっていたが、おそらく彼らのいう〝どんなことでも〟の定義には、ノミに寄生されたたくさんの野良猫は入らなかったのだろう。だがわたしはそれをつくった。街角の店が出したゴミのなかから空き箱をひと山拾ってきて、庭に段ボールの宮殿を建てたのだ。わたしはあらゆることを考えた。猫たちが退屈しないように遊戯室をつくった。ベッドにするために、ありったけの装飾用の小さなクッションをなかに入れた。それは完璧だった。だが一日か二日後には雨でぺしゃんこになってしまった。クッションは元に戻らなかった。わたしは一カ月分の小遣いを失ったが、それでも自分を誇りに思った。もし世界になにか問題があるのを見たら正せ。戦え。抵抗しろ。段ボールは使うな。

ついでにいうと、わたしはカーラの、そしてヴィンセントのそういうところが好きだった。彼は従わなかった。彼なら正面に噴水のある三階建ての猫用シェルターを建てただろう。彼が変わったのはすべてわたしのせいなのか、カーラが死んだせいなのかはわからないが、わたしはあの男が恋しい。

町は遠くない。二十分で着くだろう、とババはいった。運がよければ、わたしがいなくなっていることに彼らが気づくまでにはマリエハムンに着けるだろう。もし首尾よくスウェーデンにたどり着けたら、自分がどうしたいのか考える必要がある。このばかげた状況の真っ只中《ただなか》で、自分だけがふつうの生活を送ってはいられない。

もしかしたらできるかもしれない。仕事に就き、テレビを見て、ここで暮らしている人たちのことでみんなが冗談をいったら笑みを浮かべることができるかもしれない。戦うのをやめ、抵抗するのをやめられるかもしれない。

わたしったら、なにをいってるんだろう？　わたしが仕事に就くのは無理だ。向こうで血液検査をされて、結局はフィンランドのかわりにスウェーデンの収容所で暮らすことになるだろう。スウェーデンには一度もいったことがないから、向こうの労働収容所は多少目新しいはずだ。もしかしたら自分のズボンを売ってひと財産こしらえ、スウェーデンのババになれるかもしれない。

実際のところ、すべては見方の問題だ。とにかく収容所とは呼ぶな。わたしはゲートに守られた共同体で暮らしていくことができるだろう。ヨキッツ、わたしは神経質になってるわ。まずはマリエハムンにいかなくちゃ。一歩ずつ、ってことね。一方の足をもう一方の足の前に。ほかに自分になにができるのか、わたしにはわからない。もし世界になにか問題があるのを見たら正せ。でも、もし正さなくてはならないのが全世界だとしたら？

検印
廃止

訳者紹介 関西大学文学部卒。英米文学翻訳家。主な訳書に、ヌーヴェル「巨神計画」「巨神覚醒」、ブルックス＝ダルトン「世界の終わりの天文台」、カヴァン「あなたは誰？」他。

巨神降臨 上

2019年5月24日　初版

著　者　シルヴァン・ヌーヴェル
訳　者　佐《さ》田《だ》千《ち》織《おり》

発行所　(株)東京創元社
代表者　長谷川晋一

162-0814/東京都新宿区新小川町1-5
電　話　03・3268・8231-営業部
　　　　03・3268・8204-編集部
URL　http://www.tsogen.co.jp
モリモト印刷・本間製本

乱丁・落丁本は、ご面倒ですが小社までご送付ください。送料小社負担にてお取替えいたします。

ISBN978-4-488-76705-1　C0197

2018年星雲賞 海外長編部門受賞

巨大人型ロボットの全パーツを発掘せよ!

SLEEPING GIANTS◆Sylvain Neuvel

巨神計画

上 下

シルヴァン・ヌーヴェル

佐田千織 訳 カバーイラスト＝加藤直之

創元SF文庫

◆

少女ローズが偶然発見した、

イリジウム合金製の巨大な“手”。

それは明らかに人類の遺物ではなかった。

成長して物理学者となった彼女が分析した結果、

何者かが6000年前に地球に残していった

人型巨大ロボットの一部だと判明。

謎の人物“インタビュアー”の指揮のもと、

地球全土に散らばった全パーツの回収調査という

前代未聞の極秘計画がはじまった。

デビュー作の持ちこみ原稿から即映画化決定、

星雲賞受賞の巨大ロボット・プロジェクトSF！

破滅SFの金字塔、完全新訳

THE DAY OF THE TRIFFIDS◆John Wyndham

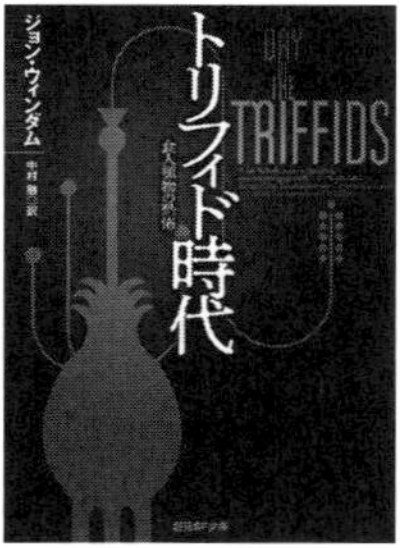

トリフィド時代

食人植物の恐怖

ジョン・ウィンダム

中村 融 訳　トリフィド図案原案＝日下 弘

創元SF文庫

◆

その夜、地球が緑色の大流星群のなかを通過し、
だれもが世紀の景観を見上げた。
ところが翌朝、
流星を見た者は全員が視力を失ってしまう。
世界を狂乱と混沌が襲い、
いまや流星を見なかったわずかな人々だけが
文明の担い手だった。
だが折も折、植物油採取のために栽培されていた
トリフィドという三本足の動く植物が野放しとなり、
人間を襲いはじめた！
人類の生き延びる道は？